JN020829

スライムは最強たる
可能性を
秘めている
～2回目の人生、ちゃんと
スライムと向き合います～
犬型大
イラスト：風花風花

contents

スライムは最強たる可能性を秘めている
~2回目の人生、ちゃんとスライムと向き合います~

イラスト：風花風花
デザイン：伸童舎

老年にて

ゴミ係とか清掃員とか汚れ役とか、果てはもっと汚い言葉とか。

わざわざ表立って口汚く罵(ののし)られることこそ少なくはあるけれど陰口を叩かれることは日常的なことだった。

誰のおかげで清潔な生活を送れているんだなどと昔はよく思ったものだが、いつしかそんな言葉も気にならなくなった。

なぜなら現在はその罵られる仕事のおかげでありがたい話生活に困ることはなかったから。

どこに行こうとどんな時代だろうとどんな情勢だろうと生きていけた。

若い頃はなんとかしようと努力をしたこともあった。

必要最低限があってもそれ以上を持たない身では出来ることに限度があったし、やれることをやってもそれで何かが変わることはなかった。

食うに困らず、住むに困らずと少しの侮蔑(ぶべつ)の視線に耐えさえすれば生きるに困らなかったことを思うに人生はさほど悪い物でもなかった。

良い人生だったと言うには難しいが色々話も聞いたことがあるし、裕福でも自分より早く人生を終えてしまった人もいる。

生きている人だって多くは明日の食べ物や魔物に襲われないか心配しながら生きている。

それに対して食べ物の心配はないし、魔物も臭いがきついゴミ捨て場には寄り付かない。

不摂生な人生だったが老年まで大病もせず家族もいない。

心残りはあってもこれからに心配なく日々をのんびりと過ごしていくのみであるのだから悪くはないのだ。

大きな戦争があった時も災禍が国を襲った時でも自分は能力がなく前線に出ることもなかった。

だからといって仕事を失うこともなかった。

今では片田舎でのんびりと過ごしながら同じ仕事を続け、少しのお金を貰い質素な生活を続けている。

文句を言う者もいなくはないが感謝している者もいて快適に暮らせている。

明るいグレーだった髪の毛もいつの間にか色が抜けたようにすっかり白くなってしまった。

髪の量も衰えたが禿げ上がることもなく、こうなるまで健やかに過ごせる貧民は決して多くない。

「よしよし、今日の仕事は終わりじゃのう」

軽く掘られた穴に捨てられたゴミの山が本を読んでいる間に無くなった。

それも長い間本を読んでいたわけでもない。

穴の底から緩やかな斜面を跳ねながらゆっくりと一匹のスライムが登ってくる。

流線型のボディーはうっすらと青く半透明で中に黒い核が透けて見える。

大きさは抱えられるほどで跳ねるたびに身体が波打っている。

スライムは穴の横にあるところどころ傷んだ木の椅子に座る老人に近づくと少しばかり高く飛び上がって膝に着地した。

ほとんど衝撃はなくぷにゅんとした感触があり、老人の足の形に合わせて接地面の形が変わる。

「ご苦労様、フィオス」

老人は微笑んでスライムを優しく撫(な)でる。

水よりも硬く、それでいて水のように柔らかいスライムの感触は非常に不思議で、暑い時にはヒンヤリと感じられ寒い時にはほんのりと温かく感じる。

歳をとってからは温かく感じるときの方が多いようにも思えた。

若い時なんかは枕代わりに頭の下に置いたりしたこともあってなかなか気持ちが良かった。

「こんな歳になってから言うのもなんだが、ワシはお前さんに感謝しておるぞ」

子供、老人の歳であれば孫でも愛しむようにスライムを撫でながら共に生きた経験を語る。

どうしてそんな気分になったのか自分でもよく分からない。

おそらく誕生日だからではないかと思う。老人は自分の生まれた日を知らない。

物心ついた時には両親はいなかったし誕生日を祝うなんてこと出来る余裕もなかった。

本当の誕生日なんてのは知りようもない、今さら知る必要も知りたくもない。

老人の思う誕生日とは名前を持った日のことで、友人がくれた人生でも大切な贈り物を受け取った日である。

ふと、スライムの表面が波打つように揺れていることに気づいた。

撫でているからではない。自発的に揺れているのである。

「嬉しい……これは……」

ジワリと胸に広がる感情。

自分のものではない温かい気持ちに、老人は思わず息を呑んだ。

魔獣とは互いに信頼関係を築くことができれば互いの心が分かると言われている。

これまで長い時間を過ごしてきたがスライムの感情なんて分からなかった。

だから今まで老人はスライムには知恵がなく感情もないものだと、そう思っていた。

撫でられて嬉しい。そのような感情がスライムから伝わってきた。

老人の頬(ほほ)に涙が伝う。

「そうか……フィオス、お前さんにも感情があったのじゃな。すまなんだ、今まで分かってやれずに」

スライムと心が通じた喜びと、これまで心を開いてきたようで完全に心を開ききれていなかった自分の醜さ、もしかしたらスライムの感情を無視してきたのではないかという後悔、他にもいろいろな感情が混ざり合って涙になる。

スライムの感情が老人に伝わるように、スライムにも老人の複雑な感情が伝わる。

喜びの感情は心配に変わりギュッと胸に近づくようにスライムが寄り添ってくる。

「そうか、そうか。心配してくれるのか、ありがとう」

言葉も発さぬ、表情も見えぬがスライムにも相手を心配する感情があり、寄り添ってくれる知恵がある。

語りかけてくるようなスライムの感情を感じる。

老人は己の短慮（たんりょ）を酷（ひど）く恥じ、深く反省した。

これ以上心配をかけないために心を落ち着かせ涙を拭（ぬぐ）い、スライムに優しく微笑みかける。

太陽が高い所に昇り、日差しが強くなってきた。

いくら暑い季節でないとしても長時間強い日光に晒（さら）され続ければ老体に堪（こた）える。

少し長居しすぎたと老人はスライムを胸に抱いたまま立ち上がるとゆっくりと歩きだす。

スライムそのものはあまり重くなく、抱えていると温かいので最近はめっきりこうして歩いている。

腕の中で揺れるスライムから嬉しいという感情が伝わり、老人は心まで温かい気分になっていた。

片田舎の小さい村の外れ、ゴミ小屋と言われる小さい家が老人の棲家（すみか）であった。

ゴミ屋敷といっても決して汚いとかたくさん物やゴミがあるわけではなく、むしろ物や家具は少なくしっかりと室内は片付いていた。

ゴミを片付ける人が住んでいるからゴミ小屋とどこかの子供が呼び始めたものだが、いつしか古くなった家の風体が名前に追いついてきた。

そんな家の名付け親の少年も気づけば妻子持ちの良い大人になっている。

老人はスライムをテーブルの上に置くとお湯をわかし、お茶を淹（い）れる。

お茶といっても少し森に入ったところに生えている野草を刻（きざ）んで乾燥させたものである。

少し苦味があり独特の香りがするが娯楽も少なくお金もない老人には数少ない日常の楽しみであった。

カップを二つ。一つを自分用に、もう一つをスライムの前に置く。

感情が分かるようになったからお茶をあげるわけではない。

いつ頃だったか、戯れに飲んでみるかと問いかけるとスライムはコップに覆い被さるようにしてお茶を飲んでしまった。

驚きはしたが面白くもあり、以来お茶は二人分用意している。

茶にお金はかかっていないので一人分増えたところで懐は痛まない。

最初は吸い上げて瞬く間にお茶を飲み干していたのに、いつのまにか飲むペースもスライムは老人に合わせていた。

よくよく考えてみればこうしたところにも知能を感じさせていたのに今更気づいた。

のんびりとスライムとお茶を楽しんだ。

スライムは少し濃くなった残りのお茶も飲み干して、その間に老人は一杯のお茶を温くなるまでかかって飲んだ。

お茶を飲んで体が温かくなった老人はベッドに横になることにした。

歳を取ってからというもの、めっきりと活動する時間が減った。

動くのも楽でなく身体の節々が痛んでいる。

もうすぐ昼時になるはずなのにお茶だけでお腹がいっぱいになってしまった。

見上げた天井から首を傾けると枕横にスライムが寄り添っている。
「もっと早くお前さんのことを理解しておればのぅ」
心通うとはこれほどまでに温かいものなのか。
撫でようと腕を動かすとスライムは撫でられようと手の方に動く。
妙に愛おしさを感じて顔がほころぶ。
ポンポンと胸のところを叩くとスライムが乗ってくる。
「ふふっ、女性の手もまともに握ったことはないがこのように温かいものだろうか」
誰に言ったわけでもない、クセになった独り言。
一人が長いと寂しさからか変なクセがついてしまう。
スライムに話しかけていると思えば独り言にもならないと言えるかもしれない。
ただ返事はないから独り言と変わりはしない。
「フィオスや、ワシは疲れた。少し眠るとするよ」
なんだかいつもより老人は身体が重く感じていた。
撫で方が段々とゆっくりになり、やがてパタリとスライムから手が落ちて止まる。
スライムは悲しみに震えた。
そのまま老人は眠るように亡くなってしまったのである。
ようやく心を通わせたスライムを置いて。

二回目の出会い

「おい……おい！」

「グフっ！」

「起きろって！　広場でお役人様が待ってるぞ！」

腹部に強い衝撃を受けて目が覚めた。

目覚めは最悪だが気分は悪くない。

起こされ方は最悪で不快感はあるがそれを上回るほどの体の変化に意識が取られた。

年を取ってからというもの長い時間寝れずにスッキリすることも少なかったのに頭がスッキリしている。

頭だけではない。

節々が痛んで動かすのも辛かった体も痛まない。

「なんだ？　いきなり年寄りをイジメよってに」

「はぁ？　お前年寄りでもねぇしなんだよその変な喋り方。いいから早く起きろって、行くぞ！」

目をこすりながら体を起こす。

腰も関節も痛くない。

この声の相手は誰だろうかと考える。

小屋を訪ねてくる友人はもういない。

何か用事があれば誰か来ることも考えられるが、家の中に入ってきて寝ている老人を蹴(け)りつける不躾(ぶしつけ)な者は記憶にない。

それに聞こえる声は若い。

自分の声も何故か若い。

幼いほどに若く聞こえる。

女性の声かと一瞬思いもしたのだが明らかに自分の喉(のど)から発せられた声だ。

さらには安いけれどちゃんとしたベッドに眠っていたはずなのに何故か床に寝ている。

少なくとも寝相は悪くなくベッドから落ちたことも一回もない。

落ちたら目が覚めるので落ちていないと言い切ってもいい。

なかなか目が慣れなくてチカチカとしていて周りが良く見えない。

少し視線を落として近くから目を慣らしていく。

かけているのも、暖まりもしなさそうな薄くて布団とも言えない布だった。

床に敷いてあるのも同じようなもの。

寝る環境としては最悪である。

それなのに不思議と身体が痛くない。

ベッドから落ちた上に床で寝ていたら全身が痛むことは目に見えている。

状況は理解できないが目は慣れてきた。

寝ぼけた目を擦り顔を上げるとそこには少年が立っていた。

目の前の少年にはどことなく見覚えがある。

黄色っぽい茶けた髪に貧民にしては比較的身体付きのよい少年の顔を見て大きく目を見開いた。

粗雑で乱暴だけど仲間思いで真っ直ぐな奴、そして若くして戦争で命を落とした親友。

これは夢なのだと咄嗟に思う。

人のことを蹴り上げたというのに見上げた少年の顔はニカッと笑っていた。

「ま、まさかランノ……か？」

「誰だそりゃ？　俺はラウだろ。そんでお前はジケ。こんな寝ぼけるって珍しいな」

ハハハと笑うラウに鼻の奥がツンとする。

目の前の少年はラウで自分はジケだったことを思い出す。

となれば間違いなくこれは夢だろう。

あの屈託のない笑顔をまた見れるなんて、こんなハッキリとまた会えるなんて、あり得ないことだから。

「何探してんだ？」

キョロキョロと周りを見るジケにラウは不思議そうに首を傾げた。

「いや、フィオスはどこかなって」

「フィオス？」

「……おい、本気で寝ぼけてんのか？　誰だよフィオスってのは。女の人か？」

ジケはフィオスを探していた。

いつの間にか常に出していることが習慣付いてしまったので近くにいないと違和感を覚えてしまうのだ。

起きたら跳ね寄ってきて軽く撫でるのがいつものことだった。

そんなフィオスがいない。

驚くような顔をしているジケにラウは怪訝そうな表情を向けた。

ランノだとかフィオスだとか知らない名前が出てきて困惑もしている。

寝ぼけているにしてもどんな夢を見ていたのだとラウは大きくため息をついた。

「ほら、行くぞ！　立って！」

「ちょ……まっ」

寝ぼけているなら体を動かせば目が覚める。

感傷に浸る時間もくれずにグッと肩に手を回して引っ張るように立ち上がらせると、そのまま走り出すラウ。

転びかけるも身体は軽く、引っ張られるままに走り出すことができる。

欲を言えば水の一杯ぐらい飲みたいけどそんなことしなくても体が動く。

家を飛び出して道に出る。

視点は低く足は素早く動き景色は流れていく。

肩から手を離して先を行くラウに付いていく。

周りの景色も懐かしく慣れ親しんだ道を走っていく。

走るのなんて久々で走ることが楽しくて何かを考える間もなかった。

目的地についたのかラウが速度を落とした。

古くてぼろぼろの家々が昔たまたま火事でいくつか無くなって出来た広場でよく遊んだなとジケは思った。

同時にラウの話と今の状況が繋がって一気に記憶が蘇ってきた。

広場に集められたボロ切れを着た子供達と綺麗な服を着たお役人と数人の兵士、そしてそれを遠巻きに眺める汚い服を着た大人たち。

ここはアンジュ王国の首都レルマダイの北西部にある貧民街である。

集められた子供たちにはこの状況が分かっていないがジケにはこれから何が起きるのか分かっていた。

そう、この時に転落人生が始まったのだ。

「これで全部か?」

「全てを把握しきれてはいませんが、おおよそ集められたかと」

貧しそうな大勢の子供を前に役人が後ろに控える兵士に声をかける。

なんで自分がこんな所に来なくてはならないのかとでも思っている不満そうな顔をしている。

貧民街に赴かないといけない仕事なんて部下に押しつけてしまいたいという思いでいっぱいだっ

た。

実際国王直々のお達しでなければそうしていた。

平民ですら難しいのに貧民の数を把握するのはほとんど不可能なことである。

貧民の子供全員にと言われたから出来る限り集めたが、全員とはいかないのは当然だろう。

苦情が来る危険性や同僚が足を引っ張ってくる可能性をできる限り排除したいが難しい。

些細なことでも突っかかってきて出世レースの足を引っ張ろうとする役人連中の顔を思い浮かべると陰鬱(いんうつ)な気分になる。

できるなら草の根を分けても全員探して来いと言いたいが現実的ではない。

いつまでも兵士に貧民街を駆けずり回らせるわけにもいかないし兵士の反感を買って良いこともない。

盛大にため息をついた役人が前に出ると注目が集まる。

兵士が静かにするように言うも貧民街の子供がそんなことで静かになることはない。

役人が手を軽く振って兵士を下がらせる。

兵士に対するやや尊大な態度を見るに役職が高めか貴族なのかもしれないとジケは思って見ていた。

広場の子供達を一瞥(いちべつ)すると役人は咳払いをして指をパチンと鳴らした。

すると役人の指先から炎が立ち上がり、一瞬にして周りが静まり子供たちの目が役人に向いた。

過激なやり方だが効果的だった。

視線が向いて静かになったことを確認すると大きく頷いて役人が勅書を広げて読みあげる。

「コホン、この度、我らが国王が新たなる法を制定された。全国民契約法というこの法により今後産まれてくる子供は貴賤を問わず魔獣との契約を行うことが義務付けられ、またすでに産まれている者でも契約を行えること、保証する」

再び子供達がざわつきだす。

しかし役人はもうざわつきを無視する。

一々落ち着かせてから話していては永遠に終わらない。

「この法は、この貧民街で産まれた子供たちも対象となり、この度国が費用を持って契約を行うこととし、ここに集まってもらった。これより契約のため移動する」

契約が何なのか、よほど幼い場合を除いて子供でも分かっている。

ただ子供は子供。

小難しい言い回しに役人が何を言いたいのか理解が追いついておらず、相談できる相手もいない。

考えるような時間もない。

隣の子に聞いても隣の子も同じ状態なので何も変わらない。

収まらないざわつきの中で役人が顎で兵士に指示を飛ばす。

兵士に促され広場から移動し、馬に繋がれた荷台に押し込められるように乗せられていく。

抵抗することなく付いてきてしまっているジケもまた迷っていた。

これから何が起きるか分かっている。

これは夢なのか、走馬灯なのか、幻なのか。

一つだけ違うのはこれから起こることを知っている、それだけである。

あえてもう一つ言うならば今はもう契約に期待もしていないことか。

そうしている間にも馬は歩みを進め、平民街と貴族街のちょうど境目に存在する大きな建物に着いた。

子供がたくさん乗った馬車はひどく揺れてお尻が痛い。

もっと先の時代なら揺れない馬車もあるのにとジケは思った。

ここは契約場や竜殿と呼ばれる建物で、貴族も平民も利用する施設なためにこうして他の都市でも貴族街と平民街の境目のようなところにある場合が多い。

契約場は大きな建物とその後ろの高い壁で囲われた野ざらしの中庭のようなスペースで出来ている。

貧民の子供はまず足を踏み入れることのない建物である。

本来なら建物の中で受付や医者のチェックを受けたり貴族なら寄付のお願いがあったりする。

今はそうした面倒臭い手続きを全てすっ飛ばしてジケを含めた子供達はこの広い中庭のような場所に通された。

天井がなく土が露出している壁で囲われた広い空間は町中にあるのに町を感じさせない異質な雰囲気がある。

便宜(べんぎ)上契約室というらしいが室と呼称するのは無理があるように思えるほど青い空が見える。

契約室の真ん中には大きく魔法陣が描かれている。

そこで契約が行われる。

兵士の近くにいた子供が一人魔法陣の側に連れていかれた。

小さな魔法石を持たされ、指先をナイフで軽く切られて血を魔法陣に垂らして兵士の言葉を訳も分からず復唱させられる。

魔法陣が光を放ち、子供たちの視線をくぎ付けにする。

ジケも最初は興奮したものだけれど二回目ともなればなんとも思わなかった。

やがて一層強く光り、魔法陣の中から何かが出てくる。

そう言えばあの子が一番最初だったなと魔法陣の光に驚く子供達の中でジケは冷静に状況を見ていた。

記憶の通りに物語が進んでいく。

心臓の鼓動が速くなり、緊張で手に汗をかく。

けど逃げ出したくてもここまで来てしまえばもはや逃げる事は叶わない。

呼び出されたのはシルクバードという種族の青い羽を持つ小型の鳥類魔獣。

人の魔獣を勝手に分類して悪いが当たりか外れかで分けてしまえば外れになる。

魔獣契約とは、古来ドラゴンが、ある程度の知恵と技術を持つが魔力が少なく力の弱い人間のために授けた魔法である。

人間と敵対する魔物を召喚し契約することを可能としたこの魔法は、今はなくてはならないものとなっている。

単純に魔物を使役出来るだけでなく人間に足りない力をも与えてくれた。

契約した魔物を魔獣と呼ぶのだが、魔獣は人間に魔力を与えてくれるのである。

魔獣が強ければ強いほど、そして互いの関係、絆が強ければ強いほど契約者に魔獣の魔力が大きく与えられる。

魔獣契約の魔法を授けたドラゴンも人間と契約し、魔物に怯えて暮らした人々を助けて国を作ったお話は誰しも聞いたことがある。

そうしたことから魔獣となる魔物は魔物自体の強さもそうであるが、魔力を多く与えてくれるものも強さや有用さの基準とされる。

さらに持っている魔力だけでなく関係性を築くための高い知能や人間に親和的な性格かなども考慮される。

シルクバードは、知能はそれなりであるが力も弱く魔力も多くはない。

魔物ではあるが戦闘よりも、戦闘を避けることを好むために戦闘力が高くないのである。

そう考えると外れになる。

ただしジケはそうでもないと考えている。

世間一般に言われる当たりとはおおよそ魔力を多く得られる魔獣と相違ないが、貧民街にとっては、あるいは別の考え方によっては何物も使いようで変わる。

彼が何をしたいかにもよるが、魔獣契約をした者の仕事としてまず候補に挙がるのは冒険者だ。

戦闘力を必要とする仕事ではあるが空飛ぶ魔獣であれば直接討伐に参加できるほどの力がなくても偵察（ていさつ）なんかで貢献出来る。

小型の魔獣であればより偵察に適している。

優秀な斥候（せっこう）役がいればリスクを減らすことができるので、上手いことやれば生活に困らず長いこと仕事を続けられる。

努力やリンクの強さによっては遠距離でも魔獣をコントロール出来るので手紙や書類を手早く運ぶ仕事もあるだろう。

賢ければコントロールが弱くても運ばせるぐらいなら出来るかもしれない。

雇われ先の最上級で考えられるのは、警戒心の高い貴族が監視として雇うなんていう例もある。

もっとも貧民街からそうした人を雇うことは考えにくいが可能性がないわけでもない。

貴族がこうした魔獣と契約したならプライドが邪魔をしてやらない仕事でも貧民街の仕事がない連中からすればあるだけありがたい。

仕事を見つけられるかはまた別問題であるが少なくとも貧民街の子供にとって弱いだけで外れとは言い切れないとジケは思う。

作業のように次々と魔獣との契約が行われていくが結果はあまりパッとしない。

小型で力の弱い魔獣が多く役人も暇そうに眺めている。

貴族であっても強い魔獣と契約できる人ばかりではないから貧民なら更に見込めない、なんて思っているのだろう。

魔獣契約に貴賤なんて関係ないはずなのだが確かに貴族の方が良い魔獣が出やすい。

もともと魔力があり、良い魔獣と契約できた人が今の貴族の祖先であることも多いのでそういうところも関係あるのかもしれない。

生まれた時点で契約する魔獣は決まっているなんて話もある。

スタート時点で差があるなんてズルい話だ。

「おっ、やっと俺の番か」

流れ作業で契約されていく光景に困惑していた子供たちも慣れてきて早く契約したくてウズウズとしだす。

契約はより早くなり、とうとう契約の順番もジケの隣にいるラウの番となった。

契約を待ちわびていたラウは兵士に連れられるまでもなく自ら前に出てナイフにも臆することなく指を当てて血を垂らす。

「我望むは友好の契り、悠久の縁を結び共に生きるもの、呼びかけに応じ給え」

もう何回も聞いたのですらすらと詠唱が口を出る。

少しは強いやつならいいな。ジケよりも強ければとラウは思っていた。

血が魔法陣に垂れた瞬間に他の子供達の時にはなかった目を覆うほど一際強い光が放たれた。

ごく稀に起こる暴走などから周りを守る役割の兵士たちが一斉に槍を向ける。

一閃。

魔法陣とは違う光が瞬いた。

轟音。

体が浮き上がったように感じられるほどの低い音が響き渡った。

それがなんであるのか、知っているジケだけが見ていた。

地から天に向かって雷が放たれた。

立ち昇る不思議な雷の根本に一匹のトラがいた。

金色の目、しなやかな体躯、背面は橙色で腹部は白く、ところどころ黒い縦縞が入っている。

わずかにジリジリと音を立てる魔力がトラの属性を否が応でも分からせる。

デルファ地方に多く存在する魔物でデルファタイガーと名付けられているものだがそのほとんどが特定の強い属性をもちサンダーライトタイガーとも言われる。

そう、雷属性の魔獣なのだ。

間違いなく当たり。

魔獣そのものの戦闘力も高く契約者に与える魔力も大きい。

性格こそ難しいところがあるが頭も良く、未来の百人隊長の相棒になるのも納得であるとジケはその魔獣の姿を見ていた。

サンダーライトタイガーは真っ直ぐにラウを見つめ、ラウも真っ直ぐにサンダーライトタイガーを見つめる。

喉の音か、それとも雷の音か、ゴロゴロと音が聞こえる。

兵士に緊張が走る。

もし制御できずに暴れ出したらサンダーライトタイガーを止められるほどの実力者はこの場にいない。

役人も打って変わって食い入るようにラウの様子を見ている。

子供達は無邪気に目を輝かせサンダーライトタイガーに見入っているがアレがどんなものか分かっていたらそんな風には思えない。

おびえて距離をとっている子は分別がある。

ジケはどうなるか分かっているからサンダーライトタイガーに恐怖は抱かない。

一回目は強そうな魔獣という衝撃でよく見なかったが改めて見るとやはりこのサンダーライトタイガーは威厳があり美しい。

ある程度の知恵を有する魔物ならその種族の中でも序列がある。

実はラウの契約したサンダーライトタイガーは上の序列に当たる強い個体であり美しささえある優れた魔獣だったのだ。

やけに長く感じられる時間が過ぎてサンダーライトタイガーがラウに近づいてベロリと顔を舐め上げた。

ざらざらとした舌に首を持っていかれそうになりながら驚きに満ちた表情をしているラウをサンダーライトタイガーは満足そうに眺めて、ニヤリと笑ったように見えた。

少なくとも魔獣が主人を認めたので暴走の心配はない。

兵士達が安堵に胸を撫で下ろす。

「見たか、ジケ！　なんかスッゴイの呼び出したったぞ！」

ヨダレまみれの顔を拭いながらラウがジケに駆け寄る。

臭いはしないがヨダレが付くのは嫌なので近寄らないでほしいとジケは思った。

後ろから悠然とサンダーライトタイガーも付いてくるものだから他の子供達は逃げるように離れてそこだけポッカリと穴が空く。

遠目で見る分にはカッコよくても近づくのは怖い。

ついつい見てしまい、サンダーライトタイガーと目が合う。

ジケは緊張感にドキッとするもサンダーライトタイガーは興味なさげに視線をそらした。

「次はお前の番だな！」

良い魔獣を出して上機嫌なラウは何が起こるとも知らずジケの肩を叩いて笑う。

サンダーライトタイガーがいて兵士も来にくそうにしているのでジケが自ら魔法陣の前まで行くと兵士がホッと息を吐く。

優れた者ばかりが兵士になるわけではない。

むしろこのような任務につかされる兵士は実力も家柄もない兵士がほとんど。

魔法陣の一番近くで子供に説明をしていた兵士も余裕が消えて緊張した面持ちでいる。

なんてことはないと思っていたのに目の前に強力な魔獣が出たのだから気も引き締まるだろう。

もし魔獣が暴れたら真っ先に被害を受けるのは魔法陣に近い自分であることを改めて思い知っただろう。

ジケは魔法石をもらって左手を差し出す。

前の時は右手だったので気まぐれに逆にしてみた。

右か左かで変わるほど繊細なものじゃないことは分かりきっているが、些細なことで状況が変わることもある。

指先を軽く切ってもらい血を垂らして呪文を唱える。

「我望むは友好の契り、悠久の縁を結び共に生きるもの、呼びかけに応じ給え」

他の子なら一度は聞いたことがある強い魔物を夢見るか、まだ訳もわからないままに契約を始めるだろう。

そうした中でジケだけは違った思いを抱いていた。

許されるなら。

ジケは許されるならもう一度会いたいと思っていた。

これが夢でもいい。

いつか覚める夢でも今度は理解して心を通わせて共に生きていくのだ。

魔法陣が記憶よりも強く発光した。

再び兵士に緊張が走る。

もう会えないかもしれないと思ったのも束の間、光に眩(くら)んだ目が慣れてくるとそこにいる魔獣の姿がはっきりと見える。

青く透き通るつるんとしたフォルムに黒い核が透けて見える、ある意味有名な魔物であるスライムが召喚されていた。

駆け寄る、もとい跳ね寄ってくるスライムを受け止める。

今ぐらいの季節ならヒンヤリしているはずなのにほんのり温かい。

抱き受けた感触は柔らかく記憶と違いがない。

堪えきれずに自然と涙が溢れてくる。

「可哀想に、あの子は貧民街から抜け出せないな」

役人が可哀想なんて思っていない顔で呟く。

貧民街の子供にただで魔獣契約をさせるなんて仕事やりたくなかった役人は基本冷たい目で様子を窺っていた。

ジケが呼び出したのはスライム。最弱という呼び声も高い魔物であった。

最弱の魔物議論には様々な意見がある。

戦闘力に難があるシルクバードのような下位鳥種や小さい蟲種を挙げる人もいる。

ゴブリンやスライムといった魔物もその中に名前が上がってくる。

この議論に結論はない。

長い間いろいろな人が本気で、あるいは遊び半分で話し合ってきたものの万人が納得する一つの結論に落ち着かない。

条件など何を考慮するかによって議論の論点や決着が変わってくる。

それでも有力候補というものは存在する。

まず最弱の魔獣議論で何を考慮するか。

人や状況、前提条件によって様々であるが一般的に強さや与えてくれる魔力を考えることが多い。

加えて魔獣そのものの利用可能性もこの議論には要素となることがある。

鳥種はどうか。

確かに戦闘力は弱く与えてくれる魔力も弱いものが多い。

しかし運搬や偵察の仕事はこなせるし見た目を好ましく思う者も多い。

羽や卵などを利用することもできる。

弱いが利用の可能性は十分にある。

虫種はどうか。

羽虫や地を這(は)う虫など戦闘にも仕事にも期待は置けない。

見た目も嫌う者が多い。

しかし虫種には他の種にはない進化可能性と特殊な能力があることも多いのだ。

将来性という点で侮(あなど)れない魔獣になる。

ゴブリンはどうか。

魔物としての最弱論にも異論は多い。

力は弱く魔力も弱いことは誰しもが知っているし初心者が討伐しやすい魔物としても有名だ。

しかしゴブリンには油断ならない知恵がある。

手先も意外と器用で教えれば細かい作業でも手伝えたりするのだ。

戦いも教えるとある程度動けるようになってそれほど能力が低くもないのだ。

スライムはどうか。

最弱の呼び声が高い。

力や魔力が弱いことは言うまでもなく鳥種のような能力も蟲種のような将来性もゴブリンのような知恵もない。

そもそも生態はよく分かっておらず半透明の部分に関しては攻撃が通じないなんてことが分かっているぐらい。

けれど弱点は透けて見えている核であり動きは鈍くスライムを倒すことは簡単である。

最大の問題はスライムには知能がないと言われていることにある。

他の種には知能があり関係が深まるにつれ与えられる魔力が多くなる。

知能がなくてもある程度の指示には従うが自分で考えて動くことや複雑な命令はこなせない。

ついでにスライムには手足がない。

簡単なことでも手足がなければできないことも多い。

では知能のない魔獣とどうすれば関係を深められるか。

否、不可能であるとされている。

力も弱く魔力も弱い、特殊な能力や知能もなく複雑な命令もこなせない。

生態もわからず弱点は丸見えで見た目も嫌悪感を抱く人は少なくても不思議なフォルムで不気味だと思う人もいる。

絆を深めることができなくてただそこに存在しているだけ。

総じて最弱という人が多い。

それが魔獣としてのスライムの評価。

ほとんど決まりじゃないか、なんて声もありそうだが何ができて何ができないのか分からないし、スライムを魔獣にした人はそのことをひた隠しにするか情報もなく忘れられがちで俎上にのらないこともある。

しかし不思議な生態を持つスライムは他の魔物と敵対することはなく、どんな環境でも生きていけるとされていて生存力に関してはずば抜けているとも言われている。

実際どうなのかは誰も知りえないことであるが一様に人が抱くスライムのイメージが強そうなものでないのは確かだ。

その場にいる誰もがジケの涙を憐れんだ。

魔獣と契約することは人生で一度あるかないかの大きなチャンスだ。

スライムを与えられては貧民街から抜け出す希望が潰えた、そう思われていた。

魔法陣の強い光に警戒した兵士が槍を下ろすとジケを魔法陣から離れたところに誘導する。

スライムを抱えて部屋の隅に連れていかれた光景にラウですら親友にかける言葉が見つからない。

魔法陣から離れたジケは隅でスライムを抱えたまま泣き続けた。

それが喜びの涙であることは一人も知るわけもない。

誰しもがジケを絶望のさなかにいるのだと信じて疑わない。

「すまなかったな、分かってやれず。今度は同じ過ちは繰り返さないから」

兵士が離れていったので気兼ねなくジケは一人でスライムに話しかけていた。

一回目の時はスライムが召喚されて、ジケは事実を受け入れられなくてスライムを拒絶した。

スライムを投げつけてウソだと叫んで喚き散らした。

あの時に向けられた憐れみのこもった視線は忘れられない。

でも今はそんなつもりは毛頭ない。

それどころか感謝もしているぐらいだ。

「こんな私の元にまた来てくれてありがとう」

ギュッとスライムを抱きしめると腕の形にスライムが歪む。

抵抗も逃げ出すこともせずただひたすらにスライムは腕の中に居続ける。

ただ受け入れてくれている。

「名前はまたフィオスでいいかい？　貧民街にも施しをくれる女神アルフィオシェント様から取った名前だ。いつか魔獣と契約する時が来たら付けようとしていた名前。またフィオスでいてくれるかい？」

貧民であってもどうにかお金を貯めてそのうちに魔獣と契約する人もかなりの数がいる。

そのために普段から魔獣の名前を考えておくことがある。

むしろ暇だからこそ、そして自分の名前もままならない貧民だからこそ魔獣の名前について妄想を広げるのかもしれない。

ジケが考えていた名前はフィオスだった。

一回目の時も同じ名前をつけた。

拒否されることなんてないのだけど拒否されたらどうしようなんて思っていたらスライム――フィオスの表面が揺れる。

同時にそれが喜びだとジケに伝わる。

もうすでに感情が分かるほどに絆が強くなっている。

しかしジケはそんなことに気づかないでフィオスの喜びを感じて自分も嬉しくなった。

同じスライムとは限らない。

そんな考えも一瞬頭をよぎるけれど流れを見ていると記憶と変わっていない。

同じスライムだろう。

いやこれが同じスライムなのだとジケには分かった。

「そうか……そうか、嬉しいか」

収まりかけた涙が堪えきれずに再び流れ出す。

嫉妬と後悔と反省が多く余裕が無くて他人に誇れる人生ではなかった。

嫉妬も後悔もしない人生なんて恐らく不可能だろう。

それでも出来るだけ後悔しないような選択をし、嫉妬をしないように自分の持っているものを見つめ直して生きていこう。

フィオスとならそれができる。

やってみせる。

そんな風に思うことができた。

「ジケ……」

実際にはスライムを抱きしめて感涙しているのだがラウには隅で丸くなって自分を押し殺して泣いているように見えた。

自分の魔獣を見る。

複雑な感情が伝わっているのかサンダーライトタイガーも目だけはジッとラウを見返している。

変に自慢をした自分を悔いる。

声をかけたいがどんな言葉をかけても嫌味にしかならない。

賢くて日々が苦しくても明るく振る舞ってきたジケがあんなに涙を流すところをラウは初めて見た。

いつもラウが泣いた時にはジケは側にいてくれたが今はこんな自分が側にいていいのか分からない。

「おーい、ラウ！　なんだ先にやってたの？」

もうそろそろ全員が契約を終えるタイミングで追加の子供達が入ってきた。

貧民街は思いの外広いし兵士が呼んでくるように言っただけで、全ての子供が一回で集まるべくもない。

貧民街の区画も分けて何回か連れてくる予定だった。

役人は相変わらずここにいる。

最初の一回しか働く気はないようだ。

ジケやラウが集められた次に呼び出された子供達が連れてこられたのだ。

ジケに声をかけられず立ちすくんでいたラウを見つけて声をかけた女の子がいた。

燃えるような赤い髪が特徴的で汚れてはいるけれど、ちゃんとすれば綺麗な顔立ちをしていることが一目でわかる美少女だ。

ラウとジケが仲良くしているエニだった。

小鹿(こじか)のようにラウのところまで跳ねて近づいてきて、ようやくラウの契約したサンダーライトタイガーに気づく。

「えっ、それってまさか……」

「あ、ああ……」

「凄いじゃん！　さっすがラウだね、これが何か分かんないけどとにかく強そうじゃん！」

逆に流石(さすが)なのはお前だとラウは思わずにはいられない。

エニは皆が避けているサンダーライトタイガーに近づくや腹を撫で始めた。

ラウも周りもあっけに取られサンダーライトタイガーも一瞬怪訝そうな顔はしたのだがエニは痺(しび)れることもなくサンダーライトタイガーの毛皮を堪能(たんのう)した。

ひとしきり撫で回してサンダーライトタイガーがプライドを捨ててノドを鳴らしそうになった時、
エニは何かを思い出してキョロキョロと周りを見回す。

「そういや、ジケは？　どうせあんたたちのことだから一緒に来たんでしょ？」

「ジケは……あっち」

「あっち？　……ジケ、どうしたの！」

教えるべきか一瞬迷ったがラウはジケのいる方を指さした。

ラウの指差す方でジケは相変わらずうずくまっていた。

何かあったのかとエニは慌ててジケに駆け寄る。

こういう時何も知らないというのは強い。

懐かしい声が聞こえてジケも振り返る。

赤髪を揺らして駆けてくる少女は記憶よりもかなり若い。

ジケの泣き腫(は)らした目はもう真っ赤になっていてエニは驚く。

事情を知らないエニには隅でいじけているように見えたがまさか泣いているとは思わなかった。

サンダーライトタイガーよりも泣いているジケの姿に強く衝撃を受けた。

「エリンス……いや、エニか？　あぁ……！」

「大丈夫、ジケ？　どうしたの？　えっ、ちょっと……ほんとにどうしたの……」

一度泣いてしまうと落ち着くまでは脆(もろ)いものだ。

エニを見てひどく驚いたような表情を浮かべたジケはゆっくりと立ち上がるとエニに向かって手を伸ばした。

指先で軽く頬に触れ、そしてまた泣き出す。

何を思ったのかは分からないがジケは感極まってエニを抱きしめた。

二人に挟まれたフィオスだったが今度はニュルンと抜け出して抱擁の邪魔にならないように移動する。

出来るスライムである。

ジケにとっては久々の再会の抱擁なのだがエニにとっては昨日も会った仲なのだ。

少し痛いほどに抱きしめられてエニは顔を赤くする。

両手をパタパタとしながら抱きしめ返して慰めるか迷ったけれど、恥ずかしさでそうもできず大人しく抱きしめられることにした。

隅で起きた出来事、みな召喚に夢中で見ている人はいなかった。

ラウ以外に。

全ての胸の内をさらけ出して謝罪の言葉を述べそうになることをどうにか止まった。

いろんな想いがあるけれどそれは今のエニに伝えることじゃない、と。

「ごめん、つい気が動転して。久しぶりだね、エニ」

「う、うん、落ち着いたなら……いいけど」

いきなり抱き着かれ、一発ぶん殴ってやろうかなんて思っていたエニだったが、長いこと抱きしめられて少し寂しそうな笑顔で真っ直ぐに目を見られてそんな気も失せた。

何があったか聞きたくても聞ける雰囲気じゃなく許すしかない。

久しぶりとか変な言い方も気になったが顔を赤くして唇を尖らせるぐらいしかエニはできなかっ

た。

なんとなく気まずい空気のそんな状況でも契約は進んでいき、ジケはエニを送り出してラウの横に行く。

「取り乱しちゃってごめんな」

「俺こそ、なんて声かけたらいいか分かんなくて……」

ラウは気まずそうに頭をかく。

ジケは泣き尽くして晴れやかな気分だったが泣き腫らした目を見てジケの気分がいいなんて思う人はいないだろう。

泣き腫らしているから笑顔を浮かべても寂しげに見えて、無理している感じが出てしまうのに本人は気づいていない。

すっきりはしたのだが今は自分のしでかしたことに恥ずかしい気分になってきた。

人前で大泣きした挙句感極まって女の子に抱き着いてしまった。

エニの性格上すぐに離れるか多少殴るぐらいはすると思っていたのに何もされず何も言われなかった。

ぶん殴ってくれたら収まりもついたのに気恥ずかしさだけ残っている。

(後でまた謝ろう)

「お、俺さ、きっといい仕事に就けると思うんだ。だからさいっぱい稼いでお前も養ってやる！貧民街のみんなにももうちょい良い暮らし出来る様にしてやるからさ、元気出せよ！」

今聞けばある種の告白、プロポーズにも聞こえるラウの言葉。

その昔、記憶の中でも同じように言われたジケはラウの言葉を同情や憐れみと捉えて拒絶した。

ラウはただ恩返しがしたくて、まだ子供ゆえに言葉足らずでこんな言い方だけど親友を元気付けたかった。

ラウは本当に支援してくれた。

でもジケはそれを受け入れられなかった。

冷静に見ればラウは言葉を選んで必死に親友を慰めようとしている。

そんな必死さが愛おしくて有り難くて自然と笑顔になる。

「よろしく頼むよ、ラウ」

今回は過去と違う。

親友の純粋な善意にちゃんと向き合える。

「お、おう！」

あっさりと受け入れられて逆にラウがたじろぐ。

嘘をついたつもりはなくても変なことを言った自覚はラウにあった。

それを笑顔で頼むと言われて不思議な約束をしてしまったと気づいた。

過去は色々とラウにしてもらった。

何度も会いに来てくれて、色々と持ってきてくれた。

けれど貰っているばかりでは申し訳ない。

己も変わらなければいけない。

ラウにも何かあげられるように努力しようとジケは誓う。

「な、なんだこの光は！」

この日一番の魔獣は神獣にも格付けされる魔獣、眩いばかりの光の中から現れた真っ赤なフェニックスであった。

契約場の外からでも見えるほどの光が漏れて全員の目がようやく光から立ち直って見えたそれは魔法陣の真ん中に鎮座していた。

大きく分類すれば鳥種の最高峰。

再生と炎の能力を持つ凰。

魔獣でもあるし霊獣ともいわれる荘厳な生き物。

おそらく国中の魔獣を見ても最高峰と言って過言でない。

兵士は槍を構えることすらしないでフェニックスに見入っている。

「えっと、えへへぇ～すごい、でしょ？」

呼び出したのは困ったように笑うエニであった。

フェニックスが動くと火の粉が散る。

グッと頭を下げるとフェニックスはくちばしをエニの頬に軽く当てて頬ずりするように服従の意を示した。

エニもくちばしを撫で返す。

次に待つ子がまだまだいることをだれもが忘れた。

いつ見てもフェニックスは美しい。

伝説に近い存在が目の前にいることは二回目でも信じられない。

「ど、どう、すごいでしょ！」

全員の注目を浴びて兵士の誘導もなくて困り果てたエニが場を脱出するため冗談っぽくジケたちに駆け寄ってきた。

当然フェニックスはエニについてくる。

サンダーライトタイガーの時よりも大きな円ができる。

近づいてきたフェニックスは何故かフィオスを抱えるジケを見て、頭を下げた。

理由が分からず慌てるジケ。とりあえずジケも頭を下げ返す。

サンダーライトタイガーがラウの前に出る。

フェニックスを前にしても臆さず契約者を守ろうとしている。

勇気のあることだ。

サンダーライトタイガーの経験がどれほどの物なのかジケには分からない。

もし経験豊かなサンダーライトタイガーでフェニックスが若ければあながち敵わないものでもない。

「す、すごいな」

ラウも驚きを隠せず呆けたようにフェニックスを眺めている。

「そうでしょ〜、あんたのトラとか……その、比べ物になんない…………」

あまりの出来事にエニはすっかりジケの魔獣のことを忘れていた。

安易に自慢してしまい言葉尻がすぼむ。

「スライムも悪いもんじゃないぞ」

「クルゥ」

ジケの言葉に反応したかのようなタイミングでフェニックスが鳴く。

なんだか同意してくれているみたいだ。

ついでにフィオスも腕の中で跳ねる。

泣き腫らした顔で何を言っているんだか、エニはそう思っていた。

スライムに満足した顔にはとても見えない。

申し訳なさそうな顔をするエニにジケは困って頬をかく。

魔獣としての能力や格式はフェニックスと比べて論ずるまでもない。

しかし大切なのはいかに魔獣と関係を深め、魔獣の能力をどう応用していくかだ。

仮にエニが怠けてジケが努力したとしても、逆転するのは難しいけれども。

その後はパッとしない結果が続いていた。

それでもラウやエニが飛び抜けすぎていたので目立たなかったがそれなりの人は何人かいた。

とりあえず集まった子供の契約が終わり、口頭で魔獣に関する注意や必要な知識に関する指導を受けた。

本当はちゃんと学ばなければいけない内容なのだが文字も読めない子供には口頭で簡単に説明するしかない。

良い魔獣を呼び出したラウとエニを含めた何人かはその後さらに役人に呼び出されて何か話をされていた。

内容は分かっているから心配はしていない。

ジケを含めた他の子供達は他に用もないのでまた荷台に乗せられて貧民街に帰された。

馬車で運ばれている時もジケがスライムと契約したことは皆知っているから口々に慰めの言葉を言って、ジケは笑顔でそれを受け流した。

貧民街に着くとみんな散り散りに帰っていき、ジケも自分の家に帰る。

貧民街でも比較的平民街に近い所にあり、ボロボロでも風と雨は防げる一軒家がジケの家である。

出てくる時にラウが勢いよくドアを開けっぱなしにしてくれていたから帰ってきてもドアは開いたままだった。

(鍵も壊れている上に盗むものもないから開いていても別にいいのだけど)

ずっと昔はこの辺りも普通の平民街だったが大きな戦争の時に職を失った人が多く出て貧民街となったとジケはいつだか聞いた。

この家もジケを世話し、ジケが世話していたじいさんが住んでいたものだ。

じいさんに家族はおらず、いなくなった後はジケがそのまま家に住むことになった。

家は大きいものでもないが子供の手には余るのでたまたま近くで路上暮らしをしていたラウやエ

ニをジケは受け入れた。

この二人も毎日帰ってくるのではなく日銭を稼ぎにいったり別のところに泊まったりもしているがやはり主な活動拠点はジケの家である。

最近はほとんどジケの家にいる。

ジケは床に敷いてある布団に体を投げ出した。

朧（おぼろ）げな記憶を辿（たど）ってみると昨日までベッドがあったのだが壊れてしまったのを思い出した。

ベッドの木材が部屋の隅に寄せて置いてある。

ジケはどっと疲れを感じていた。

体力的にというよりも精神的に。

契約は待ち時間が長くて外はもう日が傾いて落ちてきている。

貧民の子供を集めるのだ、飯ぐらいくれてもよいのにと文句が漏れる。

晩ご飯のことも考えなきゃいけないのに泣きすぎたせいか、はたまた子供の体で体力が少ないのか動きたくなかった。

手を動かし傍らにいるフィオスを撫でる。

それだけで喜びの感情が伝わってきてジケも嬉しくなる。

「夢じゃないのか」

走馬灯でもない。

意識はやたらとはっきりしている。

ほっぺたをつねってみても痛みはある。

そもそも目を覚ますのにラウに蹴り起こされた時も痛かった。

流れは記憶していた通りなのにフェニックスに頭を下げられた記憶はない。

大泣きもしなかったのでそうしたところも異なっている。

夢にしては反応がリアルすぎる。

これが夢でないのなら年寄りまでの記憶を持ったまま昔に戻ってきたと考えられるが何が起きてこうなったのか分からない。

ジケは目をつぶって思い出そうとしてみる。

最後にフィオスに感情があって自分にもそれが感じられることが分かったことまでは思い出せる。

それから家に帰って疲れてしまったので寝たはずでその時はもう何十年と生きた年寄りだった。

だがどうしてなのか子供時代に戻ってきている。

今が過去というべきか、それとも子供時代に戻る前を過去というべきか。

この現象がなんなのかジケには分からないからどうするべきかも分からない。

この現象の名前も知らない。

とりあえず子供時代に戻る前までの一度目の人生を過去としよう。

確かに出来るならやり直したいと思ってはいたが心の準備すらなくこのような時代に戻されるとは誰が予想できるだろうか。

ありがたいことではあるのだけれど問題もある。

もし過去の記憶が正しく、出来事が変わらないのだとしたら、この先起こるであろうことを考えジケはゾっとした。

戦争、厄災、災害。

この先平民ですら生きていくのがやっとの時代に突入する。

その日暮らしをしていては準備もできないし暗黒の時代がくれば切り捨てられて死んでいく。

小さい出来事ならともかく大きな出来事がそうそう変わるとは思えない。

もっと辛いことがこれから先に起きるなら今のうちに対策しておかなければならない。

幸い今のジケには過去の記憶がある。

この記憶を上手く使ってこの先生き残るために何が必要か考える。

まずは多少お金の余裕がなければなんの活動も出来ない。

幸い一度一生を生き抜いたのだ、知識もある。

ただ切り捨てられる者にはなるつもりはない。

やってきたことは代わり映えしないがやってきたことで稼ぐ自信はある。

まだ世の中に広まっていない、この先出てくる技術なんかも知っている。

「お前じゃなかったら困っていたかもな」

最初の一歩を踏み出すための資金稼ぎをジケは考えるまでもなく思いついている。

フィオスがいなきゃ最初の一歩すら厳しかったがジケは、ジケだけは知っているのだ。

スライムってやつがただ世の中で言われているような無能なだけの魔物ではないことを。

過去を生き抜いてこられたのにはフィオスの能力が大きく関わっていた。

きっとこの時代では誰も知らない、フィオスと一緒に生きてきたジケだけが知っているフィオスの能力があった。

それを活かしてジケはお金を稼ぐつもりであった。

頼もしい相棒を指先で突いてジケが笑う。

「よう！　だいぶ機嫌は直ったようだな」

フィオスの感触を堪能しているとラウとエニが帰ってきた。

ラウは両手の指の間に大量の串焼きを挟み、エニは大きな紙袋を抱えている。

「おかえり」

「ただいま～」

ジケは起き上がってロウソクに火をつける。

ぽわっと優しい光が周りをほんのりと照らしてくれる。

十分な光量とはいかないけれど月明かりがそれなりに明るいから無理をしなきゃ困ることはない。

「ラウもエニもそれ……」

「へへん、なんと国に兵士として来ないかと誘われたんだ。ちょっとした前払いで金を貰ったからパーっとさ。……それにお前に元気出してもらいたいって、エニが言ったから」

「ハァ!?　あんたが言い出したんじゃない！　なんで私が言い出したことになってんのよ！　あ、いや、別に私も元気出してもらいたかったけどさ」

二人とも強力な魔獣を従えることになったのだから当然国からスカウトされる。

こう考えると国はもうこの頃から先の出来事に備えていたのかもしれない、そうも見えた。

「そっか……二人ともありがとう」

言い争う二人の様子を見て自然と笑みが溢(こぼ)れる。

こんな風に笑うのはいつぶりだろうか。

ただ醜い感情もなく、くだらないことで笑いあえるなんてこんなに楽しいものなのか。

「へへっ、当然だろ」

「私が言い出したんだから私に感謝しなさいよ」

「何言ってんだ、俺が言い出したんだろ！」

「あんたが私が言い出したって言ったんでしょ。だから私がジケを元気付けてあげたの」

「ぬぅ……」

「はは……ははは
っ」

笑い合う。

以前は嫉妬にまみれ、自ら手放した友情だったが今回は手放さない。

「お皿を持ってくるよ。まだ無事なやつがあったはずだ」

いつまでも串を指に挟んだままでは辛かろう。

ジケは古びた戸棚の中から皿を探して取り出す。

普段お皿を使う習慣なんてないのでふっと息を吹きかけると埃(ほこり)が舞う。

「クリーンアップ」

ジケは元からの魔力はほとんどなくフィオスから貰える魔力も微々たるものである。

それでも全くのゼロではなく、皿を綺麗にするぐらいならできる。

指先に水が集まり皿に垂れる。水面に広がる輪のように水が皿の埃を巻き込みながら広がって、皿のふちまでいくとふちを伝って水が集まる。

最初と違い皿は綺麗に、水は埃で濁(にご)っている。

生活の知恵のような魔法でほとんど唯一と言っていいジケも使えた魔法だった。

汚れた水をフィオスに差し出すと体内に取り込む。

フィオスに取り込まれた水はフィオスに馴染むようになりながら消えていき、フィオスの体はまた一点の濁りもない美しい半透明になる。

「ほれ、いつまでも手に持ってんの大変だろうからこれに乗っけるといいよ」

「あんがと」

たくさんの肉の串焼きはまだ少し湯気が上がっている。

軍に引き込むための前払いといえど子供に対して役人がそれほど大きな額を渡すとは思えない。

きっと貰ったお金のほとんどを使ってしまっているはずだ。

エニが持ってきた紙袋にはパンが入っていた。

いつも食べている硬い安いパンと違って柔らかくふわふわとしたパンだった。

「それで見せてくれよ、二人の魔獣」

「……いいのか？」

ラウとエニが顔を見合わせる。

あれだけ大泣きしてみせたのだから気が引けるのも分かるが契約したばかりの魔獣は出して側に置いておくのが一番である。

「出てこい、セントス」

「おいで、シェルフィーナ」

ジケがうなずくと二人は魔獣を呼び出した。

魔獣は大小様々で不便になることも多い。

なので、逆召喚という魔獣を元にいたところに戻す方法や一時的に魔石と呼ばれる石の状態にする方法、元の大きさから小さくすることなど様々な方法で魔獣と付き合っていく。

逆召喚して戻していたサンダーライトタイガーもフェニックスもスライムと同じくらいの大きさで現れた。

ラウはサンダーライトタイガーをセントス、エニはフェニックスをシェルフィーナと名付けたらしい。

付けられた名前は過去と同じである。

意外とおしゃれな名前をつけたものだとジケは感心していた。

またしても不思議なことに呼び出されたセントスとシェルフィーナは頭を下げた。

なんとなくだがジケは自身ではなくフィオスに頭を下げているような気がしていた。

ともかく呼び出した二匹とフィオスも交えて軽く挨拶（あいさつ）をした。

それからはお祝いの食事会。

セントスとシェルフィーナにも串焼きを分けてやるとどちらも嬉しそうに食べ始める。

それを見たフィオスがジケの腰のあたりに控えめに体を擦り付けてアピールをする。

ジケには意図が分かった。

串焼きを一本串ごとフィオスにあげてみると体の中に串ごと取り込む。

少しフィオスの中でクルクルと回転していた串焼きだったが止まったと思ったらジワジワと溶け始めた。

溶かす速さは遅い。

これがフィオスの「食べる」であり、スライム流の味わうという行為なのかもしれない。

「二人はどうするんだ？」

「どうするって何をだ？」

「もちろん王国に誘われた件さ」

過去の経験からどうするのかは分かっている。

二人は誘われた通り王国の兵士となる。

しかし選択肢は何も国に仕えるだけじゃない。

二人の魔獣ならば冒険者という道もあるし大きな商会や貴族に仕える道もある。

特にエニは再生の癒しの能力も、強力な火の能力もあり引く手は多い。

神獣に当たるフェニックスなら宗教団体からも相当上位の立場での勧誘があってもおかしくない。でもまだ子供の現在、そんな広い選択肢があるとは知らない。

「俺は兵士になろうと思う。別に国のためにとか興味ないけどお前とかここの知ってるやつとか……エニとかも、守れるもんは守りたいんだ。まあこんな俺にチャンスくれるならちょっとは恩返ししないとな」

「私は………うん、冒険者ってのも憧れるけどね。でも私に魔法とか治療の力があるならそれを学びたいかな」

エニは遠回しな言い方だけど結局のところ王国に所属する道を選ぶということである。

冒険者で魔法を学ぶことは簡単なことでない。

ちゃんとした魔法を学ぶなら王国所属になるか、魔塔に所属するか、アカデミーにいくか。

アカデミーは貧民には金銭面や身分の都合で選択肢に入らず、魔塔は閉鎖的集団で研究者かつ魔塔につてもない。

よほどの運と実力がなければ魔塔に入ることは難しい。

となると一番手近で最善の選択肢は王国に所属してしまうことである。

エニなら紹介状もなく魔塔を訪ねても一も二もなく受け入れてもらえそうではあるが本当にそうなるかは分からない。

「そうか、いいと思うぞ」

ジケは優しく笑う。

ここで遥か将来不幸になるから王国のために働くのはやめておけなんて言えるはずもなし。

むしろ記憶の通り進んでくれれば分かっている問題に対処のしようもある。

国に仕えれば安定ではある。

「俺については聞いてくれないのか？」

冗談めかして言ってはみたがやはり二人はまだまだ子供だ。

気まずそうな顔をするだけでどうしていいか分からない。

「そんな顔するなよ。俺にも仕事のアテはあるんだ」

気軽に聞いてくれれば気軽に答えるのに変に配慮してしまうのだ。

想像しているほどに上手くいくかは分からない。

少なくとも働けはするだろう。

「次は俺が二人にごちそうしてやるから待ってろよ」

夜、光り輝く君を見て

「ん……」

なんとなく夜中に目が覚めた。

暗い部屋を見回すと月明かりが差し込んでいる。

ラウとエニ、それにそれぞれの魔獣が小さくなって寝ている。

フェニックスもサンダーライトタイガーも小さくなると可愛いものである。

フィオスの方が可愛いけど。

もう一度寝ようと思ったのだけど呼吸をするたびに喉が引っ付くような感覚がある。

喉が渇いていて水が飲みたくなった。

ジケは横にいたフィオスを抱えて立ち上がると部屋を出た。

あっ、と思った。

自然にフィオスを持って移動してしまっている。

それが悪いことであるとかではない。

フィオスを出しっぱなしにして抱えて移動するようになったのは年を取ってからのことである。

いつからなのかはもはや思い出せないがいつからかすっかり習慣になっていて、ジケが動く気配を感じるとフィオスはジケの側に寄ってくるようになった。

ジケもフィオスが来るのを待って抱えてから移動するのだ。

そんな過去の習慣をジケも、そしてフィオスも自然とやっている。

寝起きのぼんやりとした頭で考える。

フィオスはフィオスだろうか。

過去に出会ったフィオスと今腕に抱えているフィオスは同じ個体なのだろうかとジケはふと思った。

ラウやエニも同じ魔獣が出てきたので同じ個体であるとは思う。

でも一緒に人生を経験してきたフィオスとは違う。

呼ばずとも寄ってくるのは過去のフィオスであって今のフィオスではないはずなのだ。

ぼんやりと考え事をするけど眠い頭ではまとまらない。

たまたま近くにいたのだろうかと考えながら、台所に置いてある水がめのふたを開けて中を覗き込む。

そろそろ汲んでこなきゃなと中身を見て思いながら水をコップに移す。

「ふう」

片手にフィオス、片手にコップを持ってテーブルに移動する。

フィオスもコップもテーブルに置いてイスに腰かける。

いつからあるかも知らないイスが座ると大きくきしんだ音を立てる。

子供だからいいけど、大人だったら壊れるかもしれないようなきしみ方をしている。

「飲むか？」

ジケは水を半分ぐらい飲んでフィオスの前に置いてやる。

するとフィオスがコップに覆いかぶさる。

ちょうどその位置は窓から月明かりが差し込んでいるところだった。

半透明のフィオスの体に光が当たり青く輝いて見える。

体の中にコップが見えて水が減っていっていく。

ちょっと手を伸ばしてフィオスに触れる。

いつ触っても、どう触っても不思議だ。

水に触れているようなのに水じゃない。

なめらかで言葉に言い表せられない感触がある。

力を入れてみせるとそれに合わせて手が沈み込む。

触っているとフィオスが震える。

嬉しいからだ。ジケに撫でられていることがフィオスにとっては嬉しいのである。

じんわりとフィオスの感情が胸に伝わってきてジケもなんだか嬉しくなる。

これだけでフィオスもジケもハッピーになれるならもっと早くフィオスのことを理解してやっていればよかった。

「ん、エニか」

「起きてたの？」

足音がして振り返るとエニがいた。

眠そうに眼をこすりながらジケと同じく水を汲む。

「ねえ」

「なんだ？」

「その……スライムでがっかりした？」

大泣きしていたジケ。

その姿を見れば魔獣がスライムであったことに大きなショックを受けていたように見えた。

エニがジケの隣に腰かける。

あんな風になったジケを見たことがなかったのでエニにとっても衝撃だった。

気にしていないと言っていたけど拭いきれない気まずさにエニはジケではなく揺れるコップの水を見つめていた。

「いや、がっかりはしていないよ」

ジケは優しく微笑む。

あの時は嬉しかったのだ。

二度と会えない友人に再会できた。

たくさんの感謝すべきこと、謝りたいこと、そしてもう一度会えたならやりたいことが頭に浮かんで涙となってあふれ出てしまった。

何でと聞かれると答えに困るので細かくは説明しないがスライムであったことに落ち込んで涙したのではないことだけはちゃんと伝えた。

「本当？　無理しなくても……」

「無理なんかしてないさ。確かに前だったら嫌だったけど今は……フィオスでよかったと思ってる」

優しい顔のままジケがフィオスを見るとそれに気づいたフィオスがジケの方に跳ねてくる。

軽く触れてやると再び嬉しさで揺れていることが分かる。

「……もうなんだかスライムと仲良しなのね？」

「そうだな」

なんだかこのフィオスともずっと一緒にいたような感じがする。

「まあ、それならいいけど。でもさ、私もラウもいるから。ジケがどうなっても私たちが養ってあげるから」

自分の言葉にエニはちょっと照れ臭そうに水を口に含む。

ラウにも同じことを言われたなとジケは笑う。

フィオスだけじゃなくエニとかラウの優しさも記憶のままで胸が温かくなる。

「そうだな、いざとなったら頼むよ」

過去でも二人はジケを助けてくれようとした。

一度人生を駆け抜けた強か（したた）さが今のジケにはある。

今度の人生でもダメそうなら二人に大いに頼らせてもらうと素直に思う。

「でも俺も頑張ってみるよ。スライムが魔獣だから何もしなくなるとか、そんなことはない。フィオスが別の魔獣であっても、仮に強い魔獣でも俺は俺だ。できるだけ二人にお世話にならないように俺は俺なりに努力をするさ」

ある意味、過去の自分に向けた言葉であったのかもしれない。

過去では魔獣がスライムのフィオスだったから人生に悲観してジケは何もしなくなってしまった。

でも今回の人生はフィオスが魔獣でも、あるいはフィオスが魔獣であってくれるから頑張ろうと思った。

ある程度ならエニとラウにおんぶに抱っこでも生きていけるだろうけど、ジケにだってちょっとしたプライドがある。

やれるだけはやってみる。

「そうね。魔獣契約なんてするつもりなかったし悪くなったわけじゃないんだもんね」

もともと底辺に近い生活をしていた。

魔獣契約なんて貧民では行わない人もいるし、するにしてもお金もない今ではすることじゃない。

どんな魔獣が出たとしても状況が悪くなることはない。

良くなることがなかったとしてもそれはこれまでと変わらないだけである。

「でもさ……無理はしないでね」

エニは少し心配そうな目をしている。

ジケのことを疑うわけじゃないけどスライムであったことに無理をして、虚勢を張っているのではないかと心配なのだ。

「ふふっ、ほら」

ジケはフィオスを両手で持ち上げて月の光に照らす。

「綺麗だろ?」

「うん……」

「この先どうなるかは誰にも分からない。でも今から頑張れば変えられることもあると思うんだ」

ゆっくりとフィオスの中を動く核を熱心に見つめるジケの横顔をエニは見つめる。

「……なんだか、ちょっと大人になったね」

なんだかジケがジケじゃないみたいとエニは一瞬思った。

少しその視線に深みが増したというか、落ち着いたように感じた。

「大丈夫ならいいんだ」

エニはイスから立ち上がった。

「ジケも早く寝なよ？」

「ああ、もう少しボーっとしたら寝るよ」

エニが部屋に戻っていく。

さっきまで寝ようと思っていたのに眠気も覚めてしまった。

「……まあいいか」

ジケはフィオスに視線を戻した。

フィオスが過去のフィオスと違っていてもいい。

大切なのはこれからどうするかである。

「今回は頑張るからさ。よかったらまた手伝ってくれるか？」

答えもしないフィオスに問いかける。

両手で持ったフィオスが体を伸ばしてジケの鼻先に触れた。

なんだか答えてくれているみたいだ。

「実は考えがあるんだ」

ジケはフィオスを置いて両手に抱きかかえるようにしながらテーブルに突っ伏す。

自然とフィオスを枕にするような形になる。

「んふふっ、揺れないでくれ」

フィオスは嬉しいらしくてプルプルと震えている。

寝ようと思ったのにこれでは振動が気になって寝られない。

「ふふっ、んふふっ……」

なんだか振動が妙にくすぐったく感じられて、フィオスは笑ってくれるジケが嬉しくていつまでたっても寝られないでいたのであった。

計画設計

「若いっていいな〜」

結局そのまま机に突っ伏して寝てしまった。

これが年寄りの時なら非常に危険だった。

腰が固まり体を伸ばすのにとても苦労するところが若い体は容易(たやす)く腰を伸ばすことができて、しかも痛くない。

目を覚ましたジケは軽く体を伸ばしがてら体操する。

心なしかフィオスも上に伸びたり横に伸びたりとジケのマネをしているように見えた。

エニとラウは家にいない。

お国で兵士として働くことが決まったのでこの家を出ていくことになる。

名前も知らないような人も多い貧民街であるけれど当然知り合いだっている。

子供であるので大人にお世話になることも多く、そうした人たちに挨拶回りに二人して朝からどこかに行ってしまった。

どこにも行かないジケには必要のない行為だ。

ちょっとした疎外感がないこともないが、一人の時間ができてちょうどよかった。

ジケはたっぷりと寝てすっきりとした頭で改めて今後について細かく考えてみる。

無計画に動くことはできない。

計画や指針となるべきものを今のうちに考えておく必要がある。

そもそも今自分に起きていることが何なのか。

夢だとしてもやたらとリアルで人一人の人生を全て見るなど馬鹿馬鹿しい話はあり得ない。

ただ若返って時間が戻ったなんてことも大概馬鹿馬鹿しい話である。

もしかしたら夢なのはこの若返っている方なのかもしれない。

「まあ、どっちでもいいんだけどさ」

プニプニとフィオスをつつく。

この感触が夢だとしたらかつて類を見ないほどリアルな夢である。

「やり直すチャンスなのかな？　どう思う、フィオス？」

こんなこと話せる相手もいないのでフィオスに話しかける。

何も答えないが何も答えずに聞いてくれるだけでいいのだ。

夢にしても夢じゃないにしてもこの人生は続く。

ならば夢だからと怠惰(たいだ)に生きるつもりはジケにはなかった。

「夢でもいい。たとえ夢でもやり直せるなら……今度は。……今度は？」

前の人生を生きている時には色々考えた。

ああしたい、こうしたいといっぱいあったけれど、どの考えもその場限りのものであった。

どうしたいか考えてみて、恐ろしく自分が空っぽなことに気がついた。

日々を必死に生きてきた。

お腹いっぱい食べたいとか、一日中寝ていたいとか、やりたいことを考えることはあったが、人生をこうしたいとかは、夢を描けるほどの余裕もなくて考えたことがなかった。

余裕ができた時にはジケはすでに年寄りだった。

その後の人生に希望を持つこともなくて穏やかであればよかったのである。

口に出てくるほどの強い願いがなかった。

「何がしたいか……」

例えば強くなりたい。

年を取るまでにケンカをしたことだって何回もあるけれど勝ったことなんて子供の頃の数回ぐらいのもので、大人になってからは簡単にボコボコにされた。

魔力がないからと諦めて体を鍛えることもしなかった。

魔力がなくたって体や腕っ節は鍛えられるし、出来ることもあるのだと中年になってから気付かされた。

子供っぽい目標かもしれないが生きていく上で武術の心得はあって腐ることはなかったと感じた。

戦うことなく人生を過ごしていたがそれは戦いと無縁だったのではなく戦えなかったから逃げていただけだ。

戦わなくて済むならその方がいいけれど魔物や人がいつ敵になるか予想もつかない。

次に思いついたのは金だ。

やっぱり金。なんといっても金。

もし大金持ちになれたならと誰もが一度は夢を見る。

お金があるなら個人の武力がなくともなんとか出来ることだって多い。

誰かが言っていた。

この世の中には金で買えないものも多い。

だが金があればそれを守ることが出来ることだって多いのだと。

一生貧乏暮らしだったので贅沢まで望まないが生活に困らないぐらいの蓄えがあって平民ぐらいの暮らしができればいい。

得られるなら一生遊んで暮らせるお金が欲しいけど。

大きな夢を描いた次はもっと細かな夢が浮かんでくる。

あれを食べてみたいとかこれをしてみたいとか、アイツのことぶっ飛ばしたいとか。

雑多な考えが浮かんでは消えていく。

そうして別に叶える必要のない夢とか、よくよく考えてみればくだらない願いとかいらないものが消えていく。

最悪お金がなくても、力なんかなくてもなどと大きな欲望すらも消えていく。

そして最後の最後に消えずに残った思いが一つだけあった。

「……お前と二人で飲んだお茶は美味かったな」

いや、不味かった。

素人が適当に採ってきた草を乾燥させて作った苦いお茶などそんなに美味いものでもない。

でも古ぼけた家の中で菓子もなくただフィオスと飲んだお茶のことが最後の最後に思い出された。

どうしてそれが頭に浮かんだのか分からない。

夢を考えるうちに人生を思い出し始めて、思い出せる限りの道のりを頭の中で辿っていた。

年を取ってからというものフィオスとお茶を飲むのが習慣になっていた。

フィオスが聞き役になってくれるだけでなく共にお茶を飲んでくれる平和でなんてことない時間は一日の楽しみだった。

お金とか力とかが欲しいと思っていたのに残ったのはフィオスへの想い。

最後まで気づいてやることができなかった人生のパートナーと今度こそ一緒に生きていきたいという夢だった。

「そうだな……また一緒にお茶でも飲めるといいな」

ボーッと考え事に耽(ふけ)ってつつくのが止まった手にフィオスの方から体を伸ばしてきた。

逆にフィオスにつつかれているみたいでジケは笑顔になる。

「穏やかな人生、平和な生活……それにお前が一緒にいるのが一番だな」

考えうる限りのことを考えて後に残ったのはいつもと変わらない日常だった。

叶えたい望みは多くある。

全てを叶えることは無理かもしれない。

思い返すと辛い人生だったけれど最後の平穏は悪くなかった。

「そのおかげでお前とも絆を深められたのだしな」

ジケはフィオスを膝の上に乗せた。

足掻(あが)いてみて全部を手に入れようとしてみてダメだったとしてもフィオスが隣にいてくれるならそれでいいかもしれない。

フィオスと一緒にいる、なんてことはない日常をまた送ることが全ての欲望を取っ払ったジケの心の底に残っていた。

「うん……少しワガママになってみよう」

でも強さもお金も手に入れるために努力してみる。

セコセコと働かなくてもよかったり、少し力を持った他者に脅かされないようなぐらいのものは平穏のために必要だ。

機会を得た分の努力をして、やり直してみて少しでも前の人生よりも良い人生にしてみようと思う。

そして最後は穏やかに暮らす。

またフィオスとお茶でも飲んでフィオスを撫でて一日を過ごすのだ。

良い家で良いお茶になってさらに奥さんとか子供とかいればベストだけどそこにフィオスは必要だ。

「我ながら素晴らしい目標だな」

あまりに欲を出しては破滅するので手を出せるところは出してフィオスとの老後人生に華を添えるつもりで頑張ろう。

「何もしない平穏な生活のためにはまずは力と金だな」

力や金は浅ましき欲望だが誰もが望むもの。

生きていくためには必要なものなので望んだって恥ずかしくない。

浮かんでは消えていった夢の中に金を払えば叶えられるものもたくさんある。

力を得るのはちょっと難しいがお金なら稼げる目処がある。

ただし知っている知識を使って稼ぐにもその元手となるお金が必要になる。

当面の生活を豊かにするためにもお金を稼ぐ手段が必要である。

これについて、ジケはお金を稼ぐ手段にはもう当たりを付けていた。

確実ではないが上手くいけば子供だけど収入を得られるようになる。

ここはフィオスの力を借りて、少しジケが上手くやれば大丈夫なはずだ。

ついでより先のこともジケは考えた。

この先の時代は変革の時代を迎えるとジケは思っている。

一番は魔獣に対する考え方の変化が起こる。

新たな技術が生まれて人の生活が豊かになる。

そしてそこに莫大な利益も生まれた。

技術の中には戦争が理由で生み出されたものもかなりの数存在している。

中にはあくどい商人もいたし、そうしたところからなら技術を先に持ってきて利益にしてしまってても良いのではないかとジケは考えていた。

「か、紙とペンが欲しい……」

考えを頭の中だけでまとめるのはなかなか難しい。

書き出してまとめたいが、文字の読み書きもできない貧民の子供が紙やペンなど持っているはずがない。

「なんか代わりにないかな」

一旦思考を中断してジケは周りを見るが、ここは基本的に何もない家だ。

「うーん……あっ、あれなんかどうかな」

ジケは暖炉（だんろ）に目をつけた。

長年手入れもされていなくて煤けた暖炉の中に手を突っ込む。

中から薪が燃え残ってできた小さい炭を取り出す。

「フィオス、手の煤だけキレイに出来るか？」

手が真っ黒になってしまったのでフィオスを呼んでスッと手を差し出す。

するとフィオスがジケの手を包み込んで煤だけを溶かしていく。

あっという間に手がキレイになった。

やってくれるかちょっとドキドキしたけど上手くジケの意図を汲み取ってくれた。

「なんか書くもの……あれでいいか」

ジケは自分の部屋に行く。

魔獣との契約を行う前の日にベッドが壊れた。

夜中にいきなり板が抜けて背中を打ち付けることになったために朝も遅くまで寝ていてラウに叩き起こされることになった。

最後のベッドだったのにと思いながら部屋に行くとまだ隅の方に木片と化したベッドが避けてある。

適当な板を手に取って床に置くとそれに炭で文字を書く。

不恰好だけどとりあえず考えをまとめるために書くだけだからキレイでなくてもいいだろう。

ジケは色々と生まれた技術を思い出せる限り書いてみる。

そしてその中からジケが知っていて再現出来そうなものだけ残して、それ以外は塗りつぶして消す。

記憶力フル回転。

サラッと思い出せるものもあれば、思い出せそうで思い出せないものもある。

思い出した技術でもその仕組みを知らないものもあるし聞いたことがあるものもあって頭から煙が上がりそう。

「助けてフィオス！」

疲れたジケは床に体を投げ出すとフィオスを額に乗せる。

ちょっとヒンヤリとしているフィオスがフル回転させた頭に気持ちいい。

「あぁ～」

ある程度冷えたら今度はフィオスを頭の下に置く。

ぷにゅりとしたフィオスが頭を柔らかく受け止めてくれる。

フィオスを頭に敷くと気持ちいいのだけど枕には向かない。

なぜなら揺れるから。

プルプルと震えて微振動しているので寝ようと思うと気になってしまう。

でもなんだかんだ寝ちゃうこともあったしフィオスが察してくれたのかいつの間にか振動が収まって寝ていたことも結構あった気がしないでもない。

ジケは昔は理由が分からなかったが、ようやく分かった。

嬉しかったのだ。

フィオスの嬉しいという感情が感じられる。

今回の人生では最初からフィオスを受け入れられているせいか死ぬ間際に感じられたようにフィオスの感情が分かる。

何というかフィオスはジケに触れられているだけでも嬉しいのだ。

「可愛い奴だな」

枕にしようとして何で揺れるんだ！　なんて怒ったこともあったけれどこんな素敵な理由があったとはおどろきである。

「よっと！」

足で勢いをつけて上半身を起き上がらせる。

年を取ると寝るのも一苦労だったが若いとそのまま寝れてしまいそう。

ここで寝ちゃうとせっかく一人でいられる時間が無駄になるので考えを再開する。

「これとこれと……これかな」

目ぼしい技術に丸をつける。

戦争の時に研究されて生み出された技術で、のちに民間の商会に売られてヒットした技術。

アイディアを先取りしてもそんなに心も痛まない。

「しかも使えそうだな」

応用法についても少し考えてみたら今やろうとしているお金稼ぎにも使えそうだなと気がついた。

「とりあえずこの三つで他のやつは……クソ商会だったところのやつは奪ったるかな？」

基本的に知らないことの方が多いのだけど評判悪い商会だと悪評と共に情報が漏洩（ろうえい）して技術の中

身がバレてしまっていることもある。

悪い商会でどんな扱いを受けるかはジケも知っている。

事前に悪い商会が生まれることを防げるならそれもアリかもしれない。

「あとは強くなる方法か……」

ジケはフィオスを見る。

「お前のせいじゃないけどな」

どうしても強さにおいて魔力は必要な要素である。

おそらく現在のところ過去最高にフィオスとの絆は深まっているけれどフィオスからもらえる魔力は微々たるもの。

魔力がなくてもそれなりに強くなれるが貧民の魔力のない子供に武芸を教えてくれる奇特な人なんていない。

「そういえばあの爺さん昔からここらにいるって言ってたな……探してみようかな?」

強くなる方法にも思い当たることがあった。

お金を稼ぐ方法にしても強くなる方法にしても確実じゃないけど試さないよりはマシだろう。

一通り考えるべきことは考えた。

考えるのも疲れるし、とジケは外に出ることにした。

フィオスを抱えて道を歩く。

色々考えてみて分かったのは意外と思い出せないし、意外と思い出せるということである。

すんなりと思い出せることもあるのだけど何となく聞いた覚えがあってもその細かな中身まで思い出せないものも多かった。

そして意外と貧民街についても思い出せないことも分かった。

年を取ってからはここを離れていたし時代によって貧民街も変化があった。

迷子になっても不自然だし歩き回って貧民街の記憶を呼び起こしておこうと思った。

「よう、ジケじゃねえか。話は聞いたぞ」

「どうも、おじさん」

「思ったより元気そうじゃないか」

歩いていると声をかけられた。

なんてことはないように答えたジケだけど相手のおじさんのことは思い出せない。

「それがお前の魔獣か。……まあ俺もこんななりしてるが魔獣が小鳥でな」

ジケが住んでいるところの近くではジケの魔獣がスライムであることは広まっていた。

ショックを受けて自暴自棄になってないか心配してくれている大人も多かった。

「昔は荒れたもんさ。デカい体して小鳥だもんな。だがまあ生きること諦めんじゃねえぞ」

「ありがとう、おじさん。頑張るよ」

エニやラウが良い魔獣を得て、貧民街を出ることも伝わっていた。

余計にジケのことを気にかけていたが思っていたよりも平気そうだとおじさんは感じていた。

隠したくなるようなスライムも出して堂々と歩いている。

「俺はまだ……小鳥が恥ずかしいのだが若いって素晴らしいな」

ジケの抱えているフィオスを見ておじさんが目を細める。

自分は小鳥を隠して過ごしてきたのにフィオスを出しているジケに羨ましさすら覚える。

「ほら……これ持ってけ。元気付けてやろうと思ったがいらなかったかもな」

「貰えるものは貰います。ありがとう！」

「ははは、その調子だ。じゃあ新しい門出の祝いだと思ってくれ」

おじさんはジケに袋を渡した。中にはいくらか食料が入っている。

こんな感じで道を確認がてらに歩いていると色々と声をかけられた。

どの人もジケを心配してくれているようで意外にもその温かさに驚いた。

おじさんと同じく食べ物を分けてくれたりしてジケを元気付けようとしてくれた。

「顔に傷がある男？」

「うん。貧民街にいないかなって」

ついでに人も探すことにした。

戦うための技術を教えてくれる人の心当たりがあるが、出会ったのは過去ではだいぶ先のこと。

過去に聞いた話では出会う前から貧民街に滞在していたというが、いつからいたのかまでは分からなかった。

だから探してみて、いなければ別の手段を考える必要があると思っていた。

脛に傷を持つような人は多いけど顔面に傷がある人はそんなに多くない。

さらりと聞けば相手も特に不思議に思わず答えてくれる。

「あー、そういえば家無しの方にそんな奴がいるって聞いた気がするな。少し前ぐらいからテントの前で瞑想(めいそう)かなんかしているらしい。寝てるんだと思って盗みを働こうとした奴が手ひどくやられたとか」

「へぇ、ありがとう」

聞き回っているとそれらしい情報も得られた。

なんとなく貧民街の作りも思い出してきた。

「おーい！」

「ジケー！」

「おっ、ラウ、エニ！」

歩いていると今度はラウとエニに会った。

挨拶回りをしていたのでどこかしらで会うこともあるとは思っていた。

「何してたんだよ?」

「何って……お前らだって」

ジケは今フィオスを頭に乗せて両手にたくさんの荷物を抱えていた。

フィオスを抱える余裕も無くなったのでしょうがなく頭に乗ってもらったのである。

色んな人が元気出せとか色々なものをくれたので、いつの間にか荷物がパンパンになってしまっていた。

対してラウやエニも両手に荷物を抱えている。

「良い魔獣と契約して働くことになったって言ったらみんな色んなもんくれたんだよ」

なんだかんだ貧民街でも愛されていた三人。

貧民街の子供にしては品行方正で他の子供の面倒もみる。

生きるためでもあるけど色んな人の手伝いもする。

過去ではスライムが魔獣なのが嫌で荒れてしまったのでこんな愛を感じなかったけどこんなに周りの人に助けられていたのだと今は感動している。

「とりあえず一旦家帰るか」

「こんな荷物だらけじゃ何もできないもんな」

荷物も意外と重い。

三人は一度家に帰ることにした。

貰った食料はやっすいパンとか干し肉とかだったけどみんなの想いは嬉しい。

「お前らともお別れかぁ」

傷むのが早そうなものを選んで食べる。

「そんな言い方しなくてもいいじゃない」

エニが少しむくれる。

完全な別れではないがどうしたって働きに出れば休みの回数は少ない。

その中で帰る回数はさらに少なくなるわけだから中々会えなくなる。

「なんだ、寂しいか？」

「寂しくなるよな……」

「……素直だな」

ラウはからかうように言ったけどジケは本当に寂しげに笑った。

「俺は……二人のことが好きだぞ」

「な、なによ、いきなり？」

「一緒にいてくれて、一緒に笑って、一緒に大変な時を乗り越えて、本当に感謝してる」

言えなくなる前に言っておこう。

ジケはふとそんな気分になった。

「置いてかれる寂しさはあるけどさ、二人のことは応援してるから」

「なんだよ……そんな風に言われたらカンドーしちまうだろ」

照れ臭そうに頭を掻くラウ。

「わ、私もジケのことをす……すき、まあ応援してるから！」

エニも顔を真っ赤にしている。

「どこに行っても友達だ。二人のことは絶対に忘れない」

過去には成し得なかった決意を口にする。

「今日は何だか変だな」

そうは言いつつも悪い気分ではなくてラウは笑った。

「俺はフィオスと一緒に頑張るからさ、養ってくれよ？」

「結局それかよ！」

「料理はジケが作ってね？」

「それでいいのかよ？」

「料理は任せとけ」

貧民街は辛くて暗くて厳しい場所だと思っていた。

だけど改めてまた貧民街に身を置いてみるとジケのことを心配してくれる人がいて友達もいる。

貧民街は楽しくて明るくて優しい場所であることを思い出した。

ただ少し前を向いただけなのに世界はこうも違うのかとジケはフィオスにパンをあげながら感心していた。

まずはフィオスの力を借りて

翌日早速ジケは動き出した。

記憶を頼りに歩いてみるも、なんせ長い人生の記憶だから朧げで場所も名前も完全には思い出せなかった。

だから目的の場所を探してふらふらとさまよっている。

ありていに言えば迷子である。

幸いなことに目的の場所は平民街。

貴族街ならすでに叩き出されているところだ。

それでも周りの目はあまり良くはない。

スライムを抱えた貧民街の子供に向けられる視線は優しいものではない。

綺麗めな服の一着でもあればよかったのにジケは持っていなかった。

日々貧乏暮らしだったから仕方ないが久々にそんな視線を向けられて少しだけショックだった。

町中には人と時々魔獣。

意外と魔獣を出している人もいる。

小さい魔獣ならそのまま連れているし、大型の魔獣でも小さくしている人もいた。

ただし全員が全員魔獣を出しているのでもない。

魔獣を出しておく利点として絆が深まりやすいということが挙げられる。

対して魔獣を出しておくと食費などがかかる場合があるという切実な問題もある。

フィオスはそこら辺楽でいい。

予定では午前中には着くと思っていたのに結局たどり着いたのは昼をだいぶ過ぎてしまっていた。

これは改めて見る町中が楽しかったせいもある。

田舎に引っ込んで生活していて町から離れていたことと、色んなことが起こる前の平和な町並みを子どもの視点で見ることに新鮮さを覚えたのだ。

歩き回ってようやくたどり着いたのはヘルファンド清掃商会と看板が掲げられた建物。

建物の見た目は小さな一軒家で商会とはなっているけれどお店っぽさはない。

正直目的がなきゃ来るようなところではない。

だってモノを売る商店的な商会ではないから。

「はい、何か御用でしょうか……」

大きく二回ノックするとドアが開いて中から男性が顔を覗かせた。

当然のことなんだけど男性の顔がジケの記憶よりも若くて驚く。

茶色の髪を後ろに流して固め、ゴツゴツとした四角に近い顔をしている。

表情は険しく見えるがこれは機嫌が悪いわけではなく素の状態でフレンドリーに見えないだけなのである。

「子供がこんなところになんのようだ」

招き入れることすらしない。

明らかに貧民街の住人、しかも子供なら新たな顧客候補にも見えない。

だからといってさっさとドアを閉めないところに表情から窺えない優しさを感じる。

下手をすれば問答無用でドアを閉められると思っていた。

「ここで働かせてほしくてきました」

「……悪いが貧民の子供を雇わなきゃいけないほど困ってもない。帰ってくれ」

「待ってください。せめて話を聞いてください」

「君に何が出来るというのかね？　年はいくつだ、十かそれよりも若いのか？　力があるようにも見えない。そもそも私の仕事が何なのか分かっているのか？」

「確かに力はあんまりないけど仕事内容は分かっていますよ。何が出来るかと言えば……貴族からのクレーム、困ってるでしょ？」

グダグダと説明していては見切りをつけられる。

ジケが一言で、スパッと興味を引く。

ピクリと男がジケの言葉に反応を示す。

怪訝そうな表情のままギッと目を細めジケを見定めるように上から下へ視線が動く。

子供にしてはやたらと自信がある態度。

たいてい子供は男の不機嫌そうな顔を見ると怖がるものだが、目の前の少年はしっかりと目を見据えてきた。

最近の悩みの種を一発で言い当てられて男は困惑した。

酒の席で誰かに漏らしたこともない一部の人しか知らない悩みだった。

内容を知っている人は信頼を置いているので話を漏らすはずもない。

漏れても問題はないと言える内容だが誰かに喜んで話す内容の話じゃない。

仮に知ったからといって貴族からのクレームに頭を悩ませているから何なのだという話だ。

今のところ競合相手もいない事業で、やってやろうという野心がある誰かが子供を使って探らせていることも考えられなくはない。

ただ目をつけても新しくやりたいと思う人はまずいない。

目的や経緯が分からない。

そう思う男にとって目の前の少年が貧民の子に見えるのも問題である。

慈善事業や明確な目的もなく安く済む貧民街の子供まで使い始めたら商人として終わりだ。

なんて噂されるか分かったものでない。

今はしっかり事業を軌道に乗せたいのであまり噂を立てたくない。

しかし商人としての勘が目の前の少年の話を聞けと言っている。

ダメならさっさと追い出してしまえばいいと思った。

長々と入り口先で会話していると周りに見られてしまう。

男はジケを迎え入れることにした。

中は事務所というより家のリビングのようだった。

それもそのはずでこのお店は空いていた一軒家を買い取って事務所にしたものであった。

ジケを部屋にある応接部分に座らせると男は程なくして温かい紅茶を持ってきた。

たとえ貧民の子供でも招き入れた以上お客様なので相応の対応を心がける。

ジケは紅茶を軽く一口飲んで口を湿らせる。

歩き回って疲れているからやけに紅茶が美味しく感じられる。

「それじゃあ仕事の話しましょうか。まずは自己紹介からで、俺はジケです。見ての通り貧民街出身で年は自分でもよく分かりません。それでこいつは俺の魔獣のフィオスです」

ちらりとテーブルに置かれたフィオスを見る。

貧民の子供が魔獣を連れていることに疑問を持ったが、そういえば少し前に貧民やお金のない平民のために国で魔獣契約をさせることを行うと話に聞いたことを思い出した。

だから貧民に見えても魔獣を連れていても不思議じゃない。

「私はオランゼ・ヘルファンドだ。年や出自などどうでもいい。私が知りたいのはなぜ貴族に困っていることを知っているか、その情報でどうしたいかだ」

「それでいいんですか」

「なに？」

「重要なのはなんでそんな事を知っているかじゃなくて俺が本当に解決出来るかじゃないですか？」

子供らしからぬ態度。

まるで人生経験豊かな老人でも相手にしているときの空気感。

堂々としていて余裕を感じさせる。

フィオスはこっそりとジケがテーブルに置いたお茶に覆いかぶさって飲んでいる。

「まず一部だけ。一番クレームの多い区域を俺に任せてください。俺一人で処理してみせましょう」

「君が一人で？　一番うるさい区画は今五人も割り当てて朝早くから素早くやらせてるのにそれでも苦情を申し立ててくるんだぞ」

ヘルファンド商会は正確にはヘルファンド清掃商会。

やっている仕事は名前の通り清掃である。

詳しくは家庭から出るゴミの収集から焼却までを行う専門の業者。

基本的にゴミは個人が契約して持っていってもらうか都市に数カ所あるゴミを集める場所まで持っていかなければならない。

そこに目をつけたのがオランゼでゴミを集める事業を起こした。

大規模なゴミ捨て場は郊外にあって遠い上にゴミがたまっていて臭いがキツイので捨てに行きたがらない人も多い。

もっと町中に小規模なゴミ捨て場を設置して、そこからゴミを集めて、集めたゴミを魔法で燃やすのが彼らの仕事だった。

最初はもっと小さく平民街の一部でやっていたものを少しずつ拡大して今では貴族街にも事業は及んでいた。

おおむね事業は好評でゆくゆくは都市全体へと広めるつもりだが現在の障害は貴族街の人々であった。

貴族街でも事業をありがたがる人も多いが中には集積所の都合や細かいことにうるさい貴族もいる。

作業が遅いとか汚い臭いなどと毎回のように苦情を付けてくるが貴族相手に下手な態度もとれない。

人を増やして出来る限り苦情が出ないようにしていても目ざとくいろいろ見つけてくる。

調べたところ作業やゴミ置き場に不満があるのではなく苦情を原因としてサービスの値下げをさ

せたい、それをオランゼ側から言わせたい思惑が透けて見えてきていた。

別にサービスだって高額なものではない。

むしろ苦情をつけられるせいで対策を講じねばならずに費用がかさんでいるまであった。

苦情に負けて値下げをすれば悪き先例を作ることになるので、オランゼとしてもそのような理由で値下げなどする気はなかった。

「どうせなんか言われるなら任せてみませんか」

よほど自信があるように見えてオランゼはジケを測りかねていた。

測るも何も何の情報もジケから出ていないから分からなくて当然である。

何をしても苦情が出てくる。

ジケはそれならば一度ぐらい自身に任せてみてはどうだと提案する。

「ただし」

「ただし？」

「上手くいったら三人分の給料を貰いたいです」

「何をバカな」

オランゼが鼻で笑う。

作業は単純で雇われているのは平民のみで給料も決して高いとは言えない。

それでも三人分の給料が欲しいとはふっかけすぎにも程がある。

「現状五人で回しているところを一人で、しかもクレームもないなら十分利益はあるじゃないですか。元々いた五人は事業の拡大に回せばいいですし」

「……」

オランゼが右手の手のひらの真ん中を左手の親指で強く押す。

考え込むときのオランゼの癖である。

提案は分かった。

確かに一人で仕事をこなせるなら、それも苦情が出ないなら五人分の働きよりも優秀なことになる。

三人分の給与を要求する権利もなくはない。

ただ肝心な部分は何も聞いていない。

「どうやってやるつもりだ?」

「それはまだ秘密です」

予想していた質問。

用意していた答え。

言うつもりなら最初からどうやるのか説明した方が早いし、確実なのに言わないのだから言うつもりがないのだとオランゼも予想していた。

何をしているか知った上で考えもなくこんな小さいところに来る必要はない。

嘘をついても実際やらせてみればすぐに分かるし、騙すにしてもオランゼから取れるものは少ない。

貴族街に入る理由としてもただほとんど通行出来るだけで利用しようもない。

何も分からないなりに考える。

オランゼを騙して何か利益を引っ張れるか、己を客観視してみるも悲しいほど利益がない。

料金の引き下げを狙う貴族がいるにはいるが貧民の子を雇って問題を起こさせようなんて、貴族がそこまでやらないと信じたい。

それに入り込むだけなら三人分の給料を要求するなんて相手が渋る条件は提示しない。

「……明日収集日だ。いきなりだが出来るか？」

「もちろんです」

「給料は普段は月払いだけど今回は明日一日限りで雇って成果を見て決める」

オランゼが立ち上がり丸められた紙を持ってくる。

テーブルに広げるとそれは都市の地図であった。

都市の西側の平民街の商会があるところをだいたい中心に西部平民街の三割程度と平民街に接する貴族街の一部が赤い線で囲ってある。

「ここが一番苦情の多いところだ。この区画をやってもらおう」

オランゼが指したところはまさしく平民街と貴族街の境目であった。

良くない言い方をしてしまえばギリギリ貴族が居を構える地域。

ただ爵位だけを持っていて、ごくごく狭い領地持ちなんかは、自分が貴族であるというところにのみ高い誇りを持っていて性格が悪い人も少なくない。

平民とは違うんだなどというプライドがタチの悪い態度を誘発している。

純貴族ではなく少し過去を辿れば平民上がりであることがわかる連中ばかりだろう。

もっとありていに言ってしまうとちっぽけな貴族のプライドだけしか持たない厄介者である。

そうした人からの苦情が多かった。

「これがこの区画の拡大図だ。地図もタダじゃないんだ、無くすなよ」

もう一つの紙のロール。

開いてみるとオランゼが指差した区画の拡大図でゴミ集積所と特にうるさい家が書き込んである。

書いてあるのは苦情の内容やタイミング、回数などとその対策で丁寧な対応を心がけていることが窺える。

「やり方は分かるか？　ゴミを馬に引かせた荷車に運んで……」

「馬も荷車も俺には必要ありません」

自信満々に答えるジケはニヤリと笑った。

オランゼはここまででジケがこの商会が清掃の仕事をしていることは知っていそうであることは分かっている。

しかし貧民街までは利益にならないので現状清掃の仕事は貧民街ではやっていない。

仕事の内容が清掃であることは知っていても詳細に何をどうする作業かまでは知らないと考えていた。

しかしジケは全てを知っているようであり、かつその上で必要なものまでいらないというのである。

「……ふん、まあいい。時間もやり方も君に任せる。ただあまり遅いとそれはそれで苦情が出るから気をつけろよ」

「ふふっ、期待していてください」

「もしできなければどうなるか覚悟しておけよ」

交渉は成立した。

一度きりのチャンスだが一度あれば十分だとジケは思った。

オランゼは任せてはみたが酷い苦情がくることは覚悟していた。

どうせもう講じ得る手段がないから無視しようと思っていた区域だ。失敗したら手を切ったっていいかもしれないと今後を考える。

「分かってますよ。じゃあ成功のためにあともう一つお願いいいですか？」

「なんだ？」

「用意してほしいものが……」

ジケが最後にちょっとしたお願いをしている間にフィオスはちゃっかりとお茶を飲み干していた。

◇

「ふんふふーん」

次の日ジケは朝早くにオランゼの元を訪れてから指定された貴族街の区画に向かっていた。

薄暗い朝の町はまだ人通りも少ない。

朝の空気はひんやりとしていて心地よい。

その上ジケはいつものボロ服の上から大きめの濃紺のクロークを羽織っている。

いつもは迷惑そうな顔をされるのに、服一枚で今日ばかりは貧民だと気づく人もいない。

昨日お願いしていたのがこのクロークだ。

仕事を完璧にこなしても貧民の子が貴族街をウロウロしていれば平民街より嫌な顔をされる。

貴族の子に見えなくても追い出されはしない程度に見える必要はある。

見られただけでクレームが飛んできそうなら対策はしておかなきゃいけない。

急遽用意してもらったので少々サイズは大きいが中にフィオスを抱えられる余裕があってむしろ好ましい。

平民街を抜けて貴族街。

うるさいとされている家の近くにある集積所から向かう。

そうして着いたとある空き地の前でジケは立ち止まった。

今は高い木の壁で囲ったゴミを置いていく集積所になっている。

詳細まではジケに知りようもないけれど家を手放す時は栄転（えいてん）か没落（ぼつらく）か。

空き地のままということは恐らく事業に失敗したとか馬鹿な息子が馬鹿をしたとか、どうしたにせよ曰（いわ）く付きを嫌がる貴族だから買い手がつかなかったのだ。

仮にこの土地が再び売り地になってもゴミ集積所になってしまったからこの先も買う人はいない土地になってしまった。

それにしても、周辺や特に土地の両側から反発は酷かったろうによく集積所に出来たものだとジケは感心した。

家の隣にゴミを置きますなんて平民でも嫌がるだろうに。

ゴミ捨てに関して料金が安いとか特典があるのかもしれない。

あるいは単なる曰く付きの空き地よりもゴミ捨て場を受け入れることで心が広いアピールもできて周りの住人にも恩を売れると吹き込んだかもしれない。

プライドで生きている貴族相手にならあり得る話だと。

積まれたゴミの山はゴミを入れる袋に麻でできた大きな袋を使っているので見た目は茶色い。

この量を素早く運ぶのが大変なのは想像にかたくない。

貴族から出るゴミは平民よりも多い。

これは平民がギリギリまでものを捨てないのに対して貴族はそうでないからである。

食べ物が良い例だ。

腐りかけでも食べられるなら食べてしまう平民と違い、貴族は早い段階でも捨ててしまう。

服も破けたりすれば手直しせずに捨ててしまう貴族もいる。

もったいないと思わざるを得ないが価値観の違いがある以上ジケは批判するつもりはなかった。

ジケだって余裕があれば腐りかけよりも新しいものの方がいい。

「よし、頼んだぞ」

ジケは抱えていたフィオスを集積所に放す。

ポヨポヨとフィオスは跳ねてゴミに近づき、一袋に覆い被さって身体の中に取り込んだ。

ジンワリと麻袋が溶けて中身が見える。食べ物の残りや野菜のクズが出てきたと思えばそれらもすぐに溶けていく。

思っていたよりも時間がかかる。

大口を叩いたのにこれでは作業を見られてクレームがつくかもしれない。

少し心配がジケの胸をよぎるが、やるにつれてフィオスも作業に慣れてきて効率が上がってきた。

段々とゴミを溶かす速度も上がり、数も複数個まとめて溶かせるようになっていった。

貴族街のゴミはまだ大丈夫な食べ物も多く質が良い。

雑食性で何でも食べることができるスライムにも食べ物の良い悪いや好みのようなものがある、はず。

ガラクタのようなものでも消化吸収はできるがフィオスは人でも食べられる物、特に人と同じようにおいしいものを好む。

貴族のゴミには料理の残りなんかもあるのでゴミの中ではフィオス好みのゴミと言える。

フィオスが全てのゴミを溶かした頃には体積が増えて大きくなっていた。

野生の魔物の状態ではなかなか見ることもない状態だがスライムは食べた物を完全に吸収するまでは身体の体積が増える。

普通の量を食べたぐらいじゃならないが、沢山のゴミを取り込んだフィオスは大きくなっていた。

ゴミを一気に取り込んだから消化吸収が間に合っていないのだろう。

ただ大きすぎても運びにくいので元の大きさまで小さくなるのを少し待つ。

中にゴミが入っていると考えると微妙だけど大きくなったフィオスに飛び込む。

フヨンとフィオスの体が波打ちジケを受け止める。

不思議な感覚。

このような感覚を味わったことのないジケには表現できない。

人をだめにするような柔らかさで体にフィットする感触に眠気が誘われる。

朝早くなので余計に眠くなる。

食べ物系統、それも好ましいものだと消化吸収も速い。

すぐにシュルシュルと小さくなってきたフィオスから降りて抱え、次の集積所に向かう。

慣れてきた上にまだ消化しきれていないのか一時的にいつもよりもサイズが大きめな事でさらにゴミ処理の効率は上がった。

フィオスはまとめてゴミを包み込みとりあえず溶かして持っていく。

フィオスの方も何かを察してくれたのか大きくなっても抱えられるサイズまでに収まるようしてくれていた。

多少のコントロールも利くようで前が見えなくなりそうになりながらもなんとか抱えていた。

後々ちゃんと吸収する時間を設ける必要はあるがもっと大量に処理した経験もあるのでひとまずゴミだけ処理してしまっても問題はないと分かっていた。

問題はむしろジケの方だった。

フィオスの処理速度に問題はなく素早く次へと行かなくてはいけないがジケの体力がついていかない。

貧民街を走り回る悪ガキと違って、比較的大人しめの性格で体力も子供なりの体力しかない。

体躯はやや貧相で正確な年齢こそ分からないけれど同年代の子供よりも小さい。

貴族街は平民街よりも集積所を設置できた数が少なく一つ一つの距離が離れているので、移動に時間がかかる。

もっと体力があると思っていたのに常に小走りで移動していると体力がすぐなくなってしまうのは意外であった。

フィオスが処理している間に息を整えるが最後の方ではフィオスの方が速かった。

想定よりもジケの方が瀕死になりながら、その甲斐あってか日が出切る前にゴミの処理を終えた。

ふたりは人に見られる前に貴族街を抜ける。

貧民のガキがいると苦情が出ては台無しである。

急いで平民街まで来てジケはホッとフードを外す。

今ジケが通っている平民街は、店が多く明るくなって大分人が増えて賑わいを見せ始めている。

すでに朝から働く人のために簡単な軽食を出している露店もある。

乱れた息を整えて大きく呼吸するといい匂いがする。

ただお金がない。

露店に吸い込まれそうになるのを必死に耐えながらオランゼのところに向かう。

「なんだ、問題でもあったか？」

ノックをして商会に入るや否や、オランゼが怪訝な顔をしてジケを見る。

五人かけても早すぎるほどの時間。

仕事を放棄してきたのかと疑う。

「ここに来たのなら理由は分かるでしょう?」

ジケは昨日来た時と同じイスに座る。

歩いている間にフィオスのサイズも安定して大分小さくなった。

まだ若干大きい気もするがこれぐらいなら許容範囲内である。

ゴミとしていろいろ食べたが、食べ物系も多かったのでフィオスも機嫌が良くてふんわりとその気持ちが伝わってくる。

こういうところは貴族系のゴミの良いところだ。

「今日の仕事はちゃんと終えました」

「はぁ?」

オランゼは書いていたペンを止めて目を見開く。

どんな苦情が出るか考えていた思考が止まった。

「……嘘じゃないだろうな?」

「もちろんです」

少し考える素振りを見せて、オランゼは仕事をしていたデスクからジケの前に移動する。

商人である以上他の人より嘘に敏感なオランゼはジケを観察するように見据えるが、子供が嘘をつく時のような目を逸らしたりする仕草はなく余裕たっぷりである。

オランゼはあえて次の言葉を口にしないで真っ直ぐにジケの目をみつめる。

気が弱い人なら汗をかいたり手を細かく動かしたり唇を舐めたりと何かしらの反応がある。

気が強い人でも素人ならオランゼの強面に見据えられると多少動じるものなのにジケの態度は堂々と自信に満ち溢れている。

ウソなら大した役者だ。

これほどの胆力があるならもちろん商人でもやっていけそうだとオランゼは思った。

「後で確認はさせてもらうがここは君を信じてみよう」

どの行動も常識的に考えれば怪しすぎる。

しかしウソをついて騙そうとしているにしては嘘が浅く行動も不可解だ。

全てが真実で実行できる自信も能力もある。

そう考える方がつじつまが合ってしまう。

オランゼが自分のデスクから小さい袋を持ってきてジケの前に置いた。

「本来は一日、一回あたりでは渡してないが今回は特別だ。一人一日銅貨六枚、三人分で十八枚だが今日は苦情が来ないなら穏やかに過ごせるからな、特別に色をつけて二十枚だ」

ジケは袋を持ってみて、ずっしりとした重さを感じていた。

中身を出して銅貨を確認する。

商人の間ではお金の確認は大切で当然のことなので目の前で確認されても不愉快に思うこともな

い。

逆によく出来た子だと感心するぐらいだ。

十枚ひとまとめで二山。

たとえ子供相手でもオランゼは騙してくる人間でないとジケは分かっているけれど確認作業も対等な付き合いであることを示すポーズである。

「また明日来てくれないか。君が働くつもりならちゃんと契約書を交わそう」

「分かりました。では今日はこれで帰ります」

文字も書けなさそうな子供と、しかもつい先日来たばかりの子と契約書を交わすなんてオランゼはどこまでも真っ直ぐだ。

口約束のような形で雇うひどい商会も経験してきたからオランゼのマトモさが際立って見える。

「いいんですか？」

ジケを見送った後、二階から一人の女性が降りてきた。

黒にも近い濃い紺色の髪を持ち、見る人にクールな印象を残す顔立ちをしている。

「分からん。メドワ、一つ頼みがある」

「あの子がやったと言い張っているところ、見てくればいいんですね」

「そうだ。本当に言い張っているだけかどうかは見れば分かるだろう」

経理も担当しているメドワを説得するのは簡単でなかった。

大口を叩く得体の知れない少年に成果の確認もしないで三人分の日給を渡して、まして今後も雇うなんてメドワでなくても反発する話である。

メドワの冷たい視線が突き刺さる。

これでゴミも片付いておらず銅貨二十枚を持ち逃げされたら大損もいいところである。

言ってしまえば商人の勘。

オランゼはジケにその身なりにはそぐわない深みを感じていた。

昔自分の祖父を相手にした時のような相手をそのまま飲み込んでしまう深さ。

それに時折親しみを孕(はら)んだ目をしていた。それがどうにも気になった。

「今ごろお金だけ持って貧民街の別の集まりにでも逃げてますよ」

「どうだかな」

オランゼは窓の外を見やる。

父親は商人の勘とやらで大きな事業に失敗して全てを失った。

店を売り貴族街にあった家も引き払い、残ったわずかなお金を元手にオランゼはこの事業を立ち上げた。

商人の勘なんか信じないと決めてやってきたのになぜかあの少年に期待をしてしまう。

清掃事業は絶対に失敗はできない。

かといって慎重になりすぎては年寄りになっても小金を稼ぐ程度しか事業の拡大はできない。

ただまだ苦情は来ていない。

ありもしない苦情をでっちあげるほど腐っていないから、綺麗に処理できていれば苦情は来ないことになる。

「何としても俺はゴミで経済を支配してみせる」

オランゼの目は静かに野心に燃えている。

余裕があるとオランゼに評されたジケとしても、オランゼは知らぬ相手でないことが余裕がある理由の大きい部分を占めた。

実はジケは過去にオランゼと一緒に働いたことがあった。

ジケが大きくなってから出会ったオランゼはすでに都市の大部分に事業の手を伸ばし、一部ではゴミ王なんて呼ばれてもいた。

ジケにとってもオランゼは恩人だった。

仕事もなくふらついていたところに、スライムの消化能力をゴミ処理に活かそうと誘ってきたのが何を隠そうオランゼなのだから。

そんな恩人が思い付いた方法を使って、先回りをして少し稼がせてもらうなんてジケも悪い男である。

まあオランゼから振られる仕事だって楽じゃなく、苦労させられた分返してもらうと考えれば心は痛まない。

何もジケは一方的に搾取しようなどと考えているのではない。

多少のお金を稼がせてもらうがお礼はしっかりとするつもりで接触した。

現段階はまだ信頼関係を築いていく時期なので、口出しをすることはないけれども後々オランゼの事業を加速させていく。

ジケの能力でなく知っている知識とちょっとした話術を用いてオランゼの興味を引ければ可能だろう。

「まあ、とりあえず今は若き時を楽しもうか」

金があり時間がある。

小難しいことはおいおい考えればいい。

ずっしりと手にかかるお金の重みに顔を緩ませながらジケは家に帰った。

特訓、金属を溶かすな！

「ううむぅ……」

ジケはフィオスを前にして腕を組んで悩ましげに唸っている。

側には使えない木片とか錆びた釘、硬くなったパンのカケラなんかが置いてある。

現在何をしているかといえばフィオスと特訓中なのである。

「良いかフィオス、これは食べちゃダメで、これは食べてよし」

ジケは片手にパン、もう片方の手に釘を持つ。

手に持ったものを同時にフィオスに与える。

フィオスはパンと釘を体の中に取り込む。

「いいぞ……うにゃ〜！　ダメかぁ！」

パンがじわりと溶け出してジケは期待したように見ていたが少し遅れて釘も溶け出してしまう。

何度目の失敗だろうか、そのままパンも釘も溶けてしまった。

珍しくフィオスが申し訳なさそうにペチョリと潰れる。

「いいんだよ、別に責めてるわけじゃないから」

ジケは笑ってフィオスを撫でる。

他の人が見たらなんの特訓しているんだと思うことだろう。

今ジケとフィオスがしているのは食べわけの特訓だった。

フィオスは食べ物の多少の好き嫌いはあれどなんでも食べられる。

それこそ金属でも溶かして食べてしまうのだ。

普段なら別になんでも食べてくれるからいいのだけどジケには大いなる計画があった。

そのためにはフィオスに頑張ってもらわねばならないのだ。

具体的にやってもらうのは金属を食べないことである。

色んなものを同時に食べた中で金属だけを選んで食べないようになってほしいのである。

過去のフィオスはこれが出来ていた。

色んなものを同時に体の中に入れてもフィオスは金属を残して他のものだけを溶かして食べるという器用なことをしていた。

過去では教えたことはなく、いつの間にかできるようになっていたのでこんな特訓したことないのだけど。

ジケの言いたいことはなんとなく伝わっているようでフィオスも努力してくれている。

最初は同時に溶かしていたのだけど徐々に金属の方が遅れて溶けるようになってきた。

意外と食べわけするのは難しいらしい。

「だんだん出来てきてるぞ！　良い感じだフィオス！」

最初から完璧に出来るとは思っていない。

過去に出来たことでもこうして子供になると出来なくなっていることも多い。

過去のフィオスと違うとしたら出来なくて当然だし、過去のフィオスと同じだとしても出来なくても不思議ではない。

ジケはフィオスを励ます。

「出来ないなら練習すればいい！　やるぞ、フィオス！」

ちょっと潰れたようなフィオスは飛び上がってまた綺麗なまん丸に戻る。

「ただもう金属ないから探しに行こうか」

貧民街にもゴミ捨て場がある。

適当に空いたところにゴミが捨てられていて、いつの間にかみんなそこに捨てるようになった場所で、ゴミを捨てに来る以外あまり人が寄り付かない。

ジケは布を顔に巻いてゴミ捨て場に来た。

過去ではゴミの臭いなんて慣れっこだったけど、子供の体は嗅覚もいいのか結構ゴミの臭いがキツく感じられる。

なんとなくだけど生物のゴミとそれ以外は分かれている。

ジケはそうした中で使えなくなった道具類が多く集まっているところを探す。

金属っぽければなんでもいい。

釘が刺さったままの木材とかはちょうどいい。

落ちている金属は少ない。

かき集めて鍛冶屋なんかに持っていくと引き取ってくれたりするので集める人がいないこともないからだ。

ジケは使えそうなものがあると脇に寄せてまとめておく。

そしてある程度集めたところでそれらを抱えて家に帰った。

「ちゅーことでまたやるぞ！」

また食べわけから始める。

パンと木材とか、石と木材とか別々のものを与えて片方を残す特訓を繰り返していく。

「まあもっとお金稼げるようになったら美味いもん食わせてやるから頑張ってくれよ？」

今は石とか木材だけどそのうち稼げるようになったらお肉とか一緒に食べるんだとジケは意気込む。

こうして特訓を重ねていくとフィオスも慣れてきて食べ わけが出来るようになった。

片方を溶かすことなく、片方だけを食べるという器用なマネを上手くやってみせる。

「釘はダメ、パンと木片はオッケーだ」

細かくちぎったパンと木片、そして釘を一本混ぜてフィオスに与える。

「……よーし」

フィオスが全てを体の中に取り込む。

まず溶け始めるのはパン。

続いて木片は溶けていくが釘に変化はない。

「よし！　いいぞフィオス！」

そしてパンと木片は食べてしまったが釘だけがフィオスの青い体の中に残っている。

ぺっとフィオスが釘を吐き出した。

拾い上げてチェックしてみるがフィオスに与える前と変化はない。

ようやくフィオスの特訓が実を結んだ。

胴上げするようにフィオスをポーンと投げ上げるとフィオスは嬉しそうに震えている。

「思ってたよりも早く出来たな。これ残ってるパン食べちゃってもよし！」

釘や木片は別にいらないだろう。

フィオスに特訓用に置いていたパンを全部あげる。

少しだけどご褒美みたいなものである。

「後は本番でやってみるだけだな。まあゴミの中にお金が混じってることなんて滅多にないからあったら儲け物ぐらいでいいしな」

ジケの最終目的はゴミの中に紛れたお金を探すことであった。

オランゼの仕事をすることになってフィオスにゴミを食べてもらうのだけどごくごく稀にゴミの中にお金を落として気づかないなんてことがある。

フィオスが全部食べてしまうとジケも気づけないのだけど過去ではなぜかフィオスがお金を残して他のものを食べるようになった。

そのおかげでその日を生きられたことも何回かあった。

今回もちょっとした期待を込めてフィオスにお金だけを残してもらえるように金属だけを食べない特訓をしていたのであった。

「ふっふっふっー、さすが天才スライム！」

「あんたずっと何やってんのよ？」

「ん？　フィオスと特訓だよ」

「スライムと？　……まあいいけど、炊き出しが来てるらしいわよ。一緒に行こ」

「おっ、もうそんな時間か」

フィオスを褒めちぎっていたらエニが怪訝そうな顔で部屋を覗いていた。

ジケはフィオスを抱えてエニと一緒に家を出る。

意外とフィオスの物覚えも悪くないもんだななんてジケもフィオスもちょっぴり良い気分になっていたのであった。

弟子にしてください

オランゼと雇用契約を交わして代わり映えのしなかった日常に仕事が入り込んできた。

時折朝早くに家を出ることにはエニやラウも気づいていたが特に触れられないまま時間が過ぎた。

変化はまだ続いていく。

「えぐっ……ひっぐ……」

過去に経験のないことにジケは弱い。

泣きじゃくるエニに何と言ったらいいか分からなくてジケは戸惑う。

女の子の手すらまともに握ったことがないジケに泣いている女の子を慰めるのはハードルが高い。

今日はラウとエニが王国の兵士となるために貧民街を離れる日だった。

醜い嫉妬で過去では見送ることが出来なくて二人がどうしていたのか知らない日。

二人が契約を終えてからも国全体で行っていた魔獣契約は続いていた。

貧民街だけでなく貧乏な平民や大都市以外でも魔獣契約が終わって、国の兵士が二人を含めた優秀な魔獣と契約できた子供を迎えに来た。

中には嫌がる子供や冒険者になることを選んだ子供もいたがそれなりの数の子供が国に仕えることを選んだ。

残された子供達で見送りに来た者も多いが、仲の良い子が行くのに来ていない子もいる。

貧民を脱する数少ないチャンスを掴んだ子供と掴めなかった子供。

昔はジケも受け入れられず他の子供と同じようにこの場に来なかったのだ。

羨ましくないといったらウソにはなる。

けれど今のジケには嫉妬心はない。

ジケはもらった給料で二人に餞別(せんべつ)を贈った。

エニには髪留め。

なかなか髪を切る機会もない貧民街でたびたびエニは前髪を邪魔そうにしていた。

記憶の中でもエニが髪を短くしていたことはないし使うこともあるだろう。

一つは飾りのない丈夫そうな髪留めで戦いの訓練や身体を鍛えたりする時のために。

女の子に何をプレゼントをするか悩みに悩んで雑貨店で見つけた髪留めにした。

もう一つはフェニックスを思わせる赤い羽のような細工の付いた髪留め。

一目見てエニを思い出した。

休みの日にこれぐらいのオシャレなら厳しい軍兵の中でも許されるはずだと思った。

ラウに茶化されるままにエニに羽の髪留めを付けてやるとエニの涙腺が崩壊した。

「ぜっだい……ぜっだいに、やずみになっだだ帰ってぐるがらぁ！」

「分かった分かった……待ってるから」

「なんでぞんな冷静なのぉー！」

「分かってるからさ」

「わがってる？」

「二人が会いに来てくれること」

「……ぶわぁー！　ずるいよー！」

ここまで泣いてくれると感動……するよりも笑いが込み上げてくる。

永遠の別れじゃない。

国の兵士になるといっても町としては同じ町にいる。

有事でもなければ兵士にはしっかり休みもくれる事は過去の経験から知っている。

そしてその休みのたびに二人が会いに来てくれたことも何度もあった。

ただこんな泣くなんて。

過去では見送りに来なかったけれど二人は一体どうしていたのかジケは気になった。

「ははは、次はラウだな」

「俺にもあるのか？」

「もちろん」

ジケはラウに餞別を渡す。

革の鞘（さや）に包まれた一本のナイフ。

「本当は剣の一つでも贈りたかったんだけど剣だとちょっとばかり手が出なくてな」

「いや……嬉しいよ」

「ぜひ抜いてみてくれ」

「分かった。……これは」

「刃に触るなよ？　貧民街に落ちてる安物で古いナイフとは違うんだ」

鞘から現れたナイフはサビ一つなく美しさすら感じさせる。

子供のラウが持つと十分すぎる大きさがあるナイフの刃はギザギザとしている。

「これは魔物を解体するためのナイフなんだ」

エニに贈る物は悩んだが比較的早く決まった。

しかしラウに贈る物はかなり悩んだ。

好きなものは美味い食べ物、貧民街出身で達観している部分があって、あれが欲しいこれが欲しいと強く望むことが少ない。

まだまだ子供だからすぐに身体は大きくなるし必需品は王国から支給される。

日持ちするものでも多めに買って道中食べてくれと渡そうと考えていたが街をふらつく中で一軒の小さい工房を見つけた。

ふらっと入ったときは剣なんかいいんじゃないかと思った。

過去ラウは剣を使っていたし、支給品だけじゃなく自分の剣が予備にあればありがたいこともあるだろう。

しかし剣の値段を見て断念した。

もうすでにエニへの餞別を買った後だったので予算も多くない。

諦めようとしたときこのナイフが目に入る。

手入れをしながらなら剣よりも長く使えるナイフは剣よりもいい贈り物になる。

手持ちの金額だとちょっと足りなかったので店主と交渉して値段を下げてもらい、どうにか購入した。

「魔物は皮が硬かったり逆にブヨブヨと柔らかすぎたりすることもある。そんな時普通のナイフじゃ苦労する。けど解体屋とか冒険者ギルドまで運べないなんて時に活躍するのが解体に使えるギザギザしたナイフなんだ」

「へぇー、ありがとうな、ジケ」

普通のナイフの用途もこなせる万能ナイフ。

さらに品質も保証できる。

むしろあの値段なら安いと言えるぐらいでさらに値下げしてくれた店主には感謝しかない。

「挨拶は済んだか？　付いてくるものは乗り込め」

短い別れの挨拶の時間。

ジケは最後にエニの涙を拭ってやる。

兵士が声をかけて貧民街の子供が二つに別れた。

脱するものと残るもの。

大きな隔たりがあるように思っていたけれどその間には壁も溝もない。

心の持ちよう一つなのである。

「エニのことは任せとけよ！」

「ジケ、元気でねー！」

「ラウのことは任せたぞ、エニ。ラウはあんまり無茶すんじゃないぞー！」

「なんでだよ！」

手を振り、手を振り返し、互いに互いを見送る。

これは終わりじゃない。

新しい始まりの時であるのだ。

二人の姿が見えなくなるまで見送ったジケはすぐさま家に帰った。


二人がいない家は広い。

逆に大きくなって戻ってきた時にはやや手狭になっていると言えるかもしれない。

ジケは戸棚の奥に隠しておいたビンを手に取り家を出る。

ラウとエニは先に進んだ。

ジケもさらに先に進む時がきたので行動を始める。

「ちょっくら行こうか、フィオス」

手にビンを持ったままフィオスを抱えて歩いていく。

ジケの家は貧民街の南側にあり、比較的治安が良く平民街に近い。

貧民街と一言で言ってしまうと貧しい人の住む危険な場所だと思う人も貴族や平民には多いが細

かく見ていくと貧民街も様々である。

住んでいる南側から北へ向かう。

段々と治安が悪くなっていき建物も南側よりも廃れてくる。

同じ貧民街でも、ジケの住んでいるところは子供も多くて危険が少ない場所であった。

逆に今向かっている北側は子供の数も少なく貧民街の奥とも言えて危険が多くなる。

住んでいる人間の目も怪しく光り濁った色をしていて危険な雰囲気がある。

『子供に手を出さない』

ルールなどなさそうな貧民街にもこうした暗黙のルールがある。

見目が良ければ奴隷。

そうでなくても使い捨ての労働力。

子供なら誘拐も楽で気にする人もいない。

だから貧民街では昔子供の誘拐も多かったらしい。

そんな状況を憂いた大人たちが尽力をして時間と労力をかけて子供を守り、時代は過ぎていつのまにか暗黙のルールとなった。

ほんのわずかの良識か、捕まって死ぬほど痛めつけられることへの恐怖心があればまず手を出してくることはない。

絶対とは言い切れないから油断は禁物だが。

ジケは周りを警戒しながら目をつけられないように足早に移動する。

北側のさらに北、ここまでくると家ではなく立っているのはテントになる。

家が無いので家無しと呼ばれる地域で、テントとも呼べないボロ布の塊(かたまり)みたいなものもある。

そのボロテントの一つの前に座る男性がいた。

目を閉じて足を組んで座り瞑想している。

男性の左目には額から頬まで縦に大きな傷痕がある。

以前ジケが聞いて回って探していた男性である。

「あのー」

イメージしていた顔と違っていた。

もっとシワがあって髪も白くてござっぱりしている印象だったけど髪は暗い茶色をしていてボサボサとしたひげ面だった。

印象が違い過ぎていて特徴がなかったら分からなかっただろう。

彼には悪いが大きな傷痕があって分かりやすくて助かった。

傷がなかったら通り過ぎて聞き回らなくてはいけないところだった。

「そこのキズの旦那」

ジケが声をかけても男性に反応はない。

貧民街にいるため生きているか心配になるが、よくよく見ると肩が上下しているから呼吸はしている。

はっきりと声を出したのだから聞こえていないはずがない。

できることなら穏便に会話を始めたかったが無理そうだとジケはため息をつく。

このまま話しかけ続けても思いつく方法を試しても穏便にはいくまい。

「セラン・オブレシオン」

結果が変わらなそうなら手っ取り早い方でいくとしようと、ジケは一歩下がる。

鼻先を剣が掠めた。

瞑想していた男性は一瞬で剣を抜きジケの首を切り落とそうとした。

左目は傷のせいか開いていないが右目には強い殺気がこもっている。

なんという早業。

「小僧、何者だ」

「いたいけな子供の首を刎ねるつもりですか？」

「答えろ」

今にも飛びかかりそうな男性を前にジケは両手を上げて敵意のないことを示す。

避けなければ本当に首が無くなっていた。

どう見ても子供なジケが相手なのに容赦なく殺気を向けてきている。

「なぜその名前を知っている！」

「オーランド・ケルブ」

冗談を交えながら会話できる相手でないと分かっていても、ここまで話が通じないとは思わなかった。

ジケだからよいものの子供に剣を向けていては建設的な会話は望めないだろうに。

呼吸が苦しくなるほどの殺気もいただけない。

質問の答えを聞くつもりがあるのかないのか。

「オーランド……」

知っている名前を出されて男の殺気が弱くなる。

しかし切っ先はジケの喉に向けられたままで警戒は弱めない。

「グルゼイ・オブレシオン」

畳み掛けるように男の名前を口にすると再び殺気が強くなる。

ころころと殺気の強さが変わり面白いまでもある。

「オーランドとはどうやって知り合った。目的は何だ。それにさっきはどうやった」

「質問が多い……」

「さっさと答えろ！」

大人げなく声を荒らげる。

周りも興味ありげにジケたちの様子を見ている。

「二年前にたまたま出会ってお世話になりました」

目を見るとグルゼイから余裕が感じられない。

このままなめた態度をとっていると本当に殺されかねないのでちゃんと答える。

「……まだいるのか」

「一年ほど前にふらっとどこかに」

ジケは事前にグルゼイのことを調べていた。

今現在の段階で貧民街にいるかは分からなかったので、顔に傷のある男性について聞いて情報を集めていた。

その情報によるとグルゼイは半年ほど前にふらりとここに現れたらしかった。

連絡手段が無いからすれ違う可能性も高い。

いないとなれば確認しようもない。

「俺が知るあいつはガキが嫌いだった。お前みたいな生意気そうなガキは特にな」

知ってる。

だから子供を欲しがられるのも嫌で独身を貫いてるとジケは聞いていた。

「それは知りませんでした。でも足が悪く暴漢に襲われてたところを助けてくれた相手を無下にはできないでしょう?」

情報は出来るだけ小出しに。

持っているカードは多くないので出来るだけ少ない情報で上手く説得しなきゃいけない。

「あいつは……元気だったか?」

ジケの返事を聞いてグルゼイの態度がやや軟化する。

足が悪いことは会ったこともなければ知りえない情報。

特にオーランドの足が悪いことは本人も隠そうとしていたらしく、長く一緒にいたか、信頼でも置かれていないと知ることは難しい。

「最後に見た時は」

「そうか。他に何か言っていたか」

「別に伝言を託されたのではないから伝えることはないです」

「そうか、まあそうか。ではなぜ俺に会いに来た？」

グルゼイが剣を下ろす。

剣を納めないあたり警戒を完全に解いてはいないが刺すような殺気は感じなくなった。

「俺に剣を教えてください……俺を弟子にしてください！」

ジケに頭を下げられ、予想外の言葉を叫ばれたグルゼイはギョッとした顔をする。

散々グルゼイが叫んだものだから周りも面白半分、うるさくて迷惑半分で二人を見ている。

ここに来た目的はグルゼイの弟子になることだった。

弟子と思われなくても剣を教えてくれればそれでよい。

「帰れ。俺は弟子を取らない」

「待ってください！　タダでとは言いません」

「金なんて俺はいらな……」

「こちらをお受け取りください！」

差し出したのは家から持ってきたビン。

ちゃんとラベルが見えるようにしながら両手を添える。

グルゼイの反応は予想済みで拒否されることは分かりきっていた。

弟子にしてくれるまでグルゼイの元に通い詰めることも考えたがそんな時にふと思い出したのだ。

「それは……！」

ラベルを見たグルゼイの顔色が変わる。

ジケから奪い取るようにビンを受け取ると、フタを開けて手のひらに中身を出す。ややとろりとした琥珀色の液体が溜まる。

ビンの中身は蜂蜜酒で手のひらを舐めるように蜂蜜酒を味見してグルゼイは深く息を吐いた。

何しろ蜂蜜酒はグルゼイの大好物。

特に甘さが強いもので産地にハーブがあってほんのりと蜂蜜酒にハーブの香りが乗っているものに目がない。

この国にはハーブの香りのする蜂蜜酒はなく、外国産の輸入物頼りで、非常に値が張る。

到底、ラウとエニに餞別を贈った残りで買える金額じゃなかった。

だからジケは平民街ではなく貴族街のゴミ処理を望んだ。

貴族だろうと平民だろうと金の管理には厳しいが一枚銅貨が無くなっただけで騒ぐ平民と違って貴族がお金で騒ぐ様を見せるわけにいかない。

いかに気をつけても人のやることに完璧はない。

極々稀にゴミの中にお金が混じってしまっていることがある。

袋を回収して燃やしているのでは気づくべくもないが、ジケは違う。

そもそも金属類が捨てられることは少ないから最後に溶かすようにフィオスを訓練しておいた。

訓練が偶然、本当に偶然実を結んだ。

折れ曲がったスプーンとか壊れた燭台に混じって何枚かの銅貨と一枚の銀貨が手に入った。

ジケも我ながら運がいいと思う。

結局蜂蜜酒の支払いで銀貨は丸々無くなってしまったが、使うべき時に金は使うものだからしょうがない。

ジケにとっては時間の方が惜しかった。

「むっ……」

口髭でも触っている風を装い手に蜂蜜酒を垂らしては舐めを繰り返しているグルゼイはジケが見ていることをやっと思い出した。

呆れ顔を表に出さなかっただけジケは偉いものである。

差し出されたものとはいえ子供の手から奪い取るようにしてコップも使わず蜂蜜酒を堪能した。

体面が悪いったらありゃしない。

「うぉほん！　中々の代物だが悪くない。しかし覚悟がいるぞ。どんなことにも耐える覚悟が。お前は何のために剣を覚えたいんだ」

中々だが悪くないとは何だ。

受け取ってほしいとは言ったがその場で開けて飲むとジケは思いもしなかった。

グルゼイも放蕩生活が長く久々の上質な酒に我慢ができなかった。

好物中の好物で一口舐めて涙が出そうな旨さ。

受け取って口にしてしまった以上はこれで帰れとは言えなくなった。

理由を聞いてきて、しめたとジケは思った。

「守りたい人がいるんです。力がないからと諦めて、そして後悔する。そんなのは嫌なんです」

「女か？」

「……はい」

「どんな子だ？」

「燃えるような真っ赤な髪の子でいつも明るくて、元気で、みんなに優しくて」

心の中でエニに謝る。

恥ずかしさでジケの顔も熱くなる。

もちろん守りたい対象にエニも含まれる。

けれどよこしまな想いからエニのことを口にしたのではない。

グルゼイは蜂蜜酒と同じぐらい人の恋愛話も大好きなのだ。

元々エニのことを話すつもりであったけれどいざ口に出してみるとものすごく恥ずかしい。

逆にグルゼイはそんなジケの態度を見て真実味があると判断する。

思わぬところでリアリティーが出たので結果良かったがもう二度とこんなことはしない。

恥ずかしい思いまでしたのだ、ジケはもうここで引くことはできなかった。

「その子は近くにいるのか？」

「今は王国に……」

「なるほどなるほどなるほどなるほど」

蜂蜜酒が好きなのに超がつくほどの下戸(げこ)のグルゼイはペロペロと舐め続ける蜂蜜酒で酔いが回りつつある。

言うほど量も摂取していないはずなのに目が据わってきている。

気分が良くなってきたグルゼイの脳内ではジケとエニの恋愛ストーリーが展開されつつあった。もう好きなようにしてくれ。

「俺には女を守りたいという気持ちが痛いほど分かる。よしよし、その心意気、気に入った。お前……」

うんうんとうなずくグルゼイ。

すっかり赤ら顔のグルゼイに勝ったとジケは確信した。

「ジケです」

「ジケはグルゼイ・オブレシオンの唯一最初にして最後の弟子になる。明日……また来るといい」

酔った上でのことであるが言質(げんち)は取った。

グルゼイは最初瞑想していたところに座り込むと蜂蜜酒のビンを抱えたまま寝てしまった。

姿勢は瞑想していた時と変わらないから経緯を知らなきゃ瞑想しているように見える。

酒を持っているから盗まれる危険もあると心配はある。

ただし心配すべき相手は盗む方である。

人の物を盗もうとする奴がどうなろうとジケの知ったことではない。

ただグルゼイにまた会いに行って周りが血の海では訓練するにも気分は良くないというだけ。

紆余曲折(うよきょくせつ)あったが弟子になることはできた。

酔っぱらっていたから記憶の行方が心配なものの、周りも聞いていたのでいざとなったら面白半分で様子を窺っていた人たちを味方につければよい。

ひとまず今できうる限りの準備は整った。

あとは未来を変えられるように努力していく。

最終的には酒の力を借りたが弟子になりたいという気持ちは本物なので寝ているグルゼイにジケは頭を下げる。

「おやすみなさい、師匠」

知ってる知識を活用し

「改めてどうした？　今日は仕事の日じゃないだろう」

休日にオランゼのところを訪れた。

ジケが用もなく遊びに来たわけじゃないのはオランゼも理解している。

ジケがグルゼイの弟子になってから数ヶ月が過ぎた。

当初は顔を腫らして仕事に来たジケを誰かに暴力を受けているかもしれないとオランゼが心配し

ていたが、事情を話して誤解は解けた。

グルゼイの訓練は体力づくりが大部分を占めている。

当然剣も持たせてもらえず基礎的なことをやっている。

体力不足はジケも痛感していたので不満はなく、積極的に取り組んでいる。

続けていると子供の身体は体力が付くのも早く、早朝のゴミ処理の移動も速くなって余裕ができてきた。

信用と金。

グルゼイの指導とは別にオランゼの仕事も頑張って少しずつではあるけれど積み重ねてきた。

この二つを同時に、さらに、高める時が来た。

早すぎる気がしないでもないが、ジケは早いうちにやっておかねばならないと考えていた。

「それで何の用だ？」

オランゼはちょうど休憩する時間だったのか、ついでにジケにも紅茶を淹れてくれた。

かなり普及してきたがそれでもまだやや高めなお値段のする紅茶をポンと出してくれる。

オランゼとて紅茶は安い買い物ではない。

しかしジケは五人分の仕事を一人で行い、しかもクレームも今のところついていない。

お茶ぐらい出すというものだ。

「二つ。二つ提案があって来ました」

ビッと指を二本立てる。

営業スマイルも忘れずに。

「いきなり訪ねてきて提案とはな。これがここで働く他の奴だったらお茶も出さずに蹴って追い出している」

オランゼは紅茶に溶かす砂糖を一杯増やす。

普段は高級品の砂糖は少ししか入れないが頭を使いそうだとジケの営業スマイルを見て追加した。

「その話、私にも聞かせていただきましょうか」

ジケが口を開こうとしたタイミングでメドワが二階から降りてきた。

時折メドワとも顔を合わせるが、どうにもジケは嫌われているように感じていた。

メドワから直接嫌いと言われたのではないがクールを通り越して非常に冷たい印象を受ける態度でジケに接していた。

視線も冷たく言葉もどこか刺々しい。

三人分の給与を持っていくのだから面白くないのも当然で、それぐらいの冷遇は甘んじて受け入れる。

商会を思ってのことだとジケも分かっている。

カップを取り出し紅茶を淹れて砂糖を二杯ざっと入れる。

遠慮ない砂糖の使い方にオランゼが物言いたげな目をメドワに向けるがメドワはオランゼの方すら見ない。

「メドワが同席してもいいだろうか」

いさめてもメドワは引かないだろうことを分かっているオランゼはため息をつく。

「もちろんです」

「すまないな」

「ではまず一つ目の提案です。俺にもう二区画任せてみませんか」

オランゼの表情が一瞬曇る。

ジケに任せる区画の拡大はオランゼも考えていた。

条件やタイミングを考えていたところを先を越された形になる。

「一区画ごとに今と同じ条件で二区画。つまりは三区画を俺が処理します」

「それはふっかけすぎではありませんか」

オランゼが口を出す前にメドワが不快感をあらわにした。

反応の速さを見るに無償で働くか金でも払うと言わない限りは反抗してきそうな速度だった。

現在の条件で二区画増えれば六人分、合計三区画で九人分もの給料を寄越せと言っていることになる。

相当な高級取りになる。

一区画三人分でも高いと思っているメドワからしてみれば反発して然るべき。

「メドワ、待つんだ」

「ですがオラ……会長」

「俺は正直、君の働きなら三人分は相応しいと思っているよ」

オランゼの言葉にメドワがムッとした表情を浮かべる。

ジケはメドワに対してもっと淡白なイメージを持っていたのに感情が思いの他顔に出ている。

「他の区間は今のところ三人で回してるから君一人に変えられれば更なる拡大も容易になる。ただし事はそう単純に行かないんだ」

拗ねたメドワが砂糖をさらに紅茶に入れる。

少しだけオランゼが悲しそうな顔でそれを見る。

「区画を広げるにも交渉や集積所の場所を考える必要があるし事前に区画の住民に利用の説明や契約が必要になる。他に働く人との兼ね合いもある。君だけ九人分の給料を貰っていると知れれば必ず不平不満が出る」

貴族街でクレームなく少ない人数で事業を行えるならこれほど良い事はない。

十分利益が見込めるために多少の出費は惜しくもない。

問題はオランゼではなく他の従業員だ。

メドワですら不満を抱いている。

他の従業員にもし知れる事になると事業に支障をきたすかもしれない。

ジケがどうやってゴミを処理しているのかオランゼは知っている。

メドワがこっそり後をつけてジケの仕事ぶりを確認した。綺麗になった後の集積所を見てオランゼも驚いた。

クレームは何も集積所にゴミがある時だけが問題ではない。

運んでいる途中の臭い、しみて垂れた液体や袋が破れ落ちたゴミ、ゴミを運ぶ馬車の騒音など様々ある。

スライムに食べさせてしまうなどという思いつきもしない方法で短時間で完璧にゴミを処理してしまうのだから馬車もゴミを最終的に持っていく場所も燃やす魔法使いもいらない。

三人分どころでない働きをジケはしているが、目の前で働きを見たメドワもジケの価値を理解していないことを考えるといくら説明をしても他の人が理解できるとも思えなかった。

だから上手い落としどころを考えていたが、まとまりきる前にジケの方から提案されてしまった。

ジケだけに任せると仮に体調を崩した時などに代わりを立てるのが難しくなるなどの問題もある。

「仮に仕事をする区画を増やすにしてもこちらに準備する時間がほしいのと給料についてももう少し交渉する余地を貰えるか？」

「……分かりました」

ジケはオランゼの言葉に腕を組み目をつぶり考える素振りを見せる。

あくまでも見せるだけ。

こんな提案をしたけれど急かすつもりも答えを今出せと言うつもりもジケにはない。

今後の事業計画を立てる時にジケもまだもう少し働けることを考慮に入れてもらおうと考えて先手を打った。

一日中ゴミを処理して回るのは嫌なので、高めの給料と三か所を提示してそれ以上にならない制限をかけ、高めの給料をふっかけておけば三か所で三人分なんてケチなことも言いにくい。

「助かる。そう遠くないうちに返事はする」

「今も生活には困らなくなったのでゆっくりで構いませんよ」

三人分の給料を受け取っていれば分かりきった話で、ギリギリの生活からは脱却できている。

「では二つ目の提案ですが、事業の改善案があります」

メインの話はこちらである。

「事業の改善だと?」

「はい、事業を改善する考えが俺にはあります」

「ちょっと待て」

すっかり温くなった紅茶をオランゼは一気に飲み干す。

全く考えていなかった提案に胸が熱くなり、自分の年の半分もなさそうな少年に緊張し始める。

初めて会った時も尋常じゃない提案をしてきたジケだ。否が応でも期待してしまう。

そして何がジケの口から飛び出すのか不安すらある。

「君の提案なら聞こうか」

「いえ、待ってください」

「……なんだ」

「是非ともこれは商人ギルド仲介の特許契約魔法を交わしてほしいです」

「ちょっとそれはあなた……」

「メドワ……メドワ!」

思わず立ち上がるメドワをオランゼが言葉で制する。

特許契約魔法は商人ギルドが仲介となって技術を守るために生まれた魔法で、商人ギルドに技術を伝えて記録してもらう。

そして特許として記録された技術は商人ギルドに保護される。

特許として記録された技術を使うには商人ギルドで魔法による使用契約を結ばなければいけない。

使用契約なく勝手に技術を使えば商人ギルドからペナルティーを科される。

魔法を使うこともあり特許にしたい内容によってはギルド側に拒否されたり利用料がかかったりするので気軽に利用できる制度ではない。

提案とやらのよほど重要な技術内容かあなたを信頼していませんという意思表示か。

子供が噂で聞いて提案するものでない。

メドワはジケの態度を傲慢(ごうまん)さと自分たちに対する侮辱(ぶじょく)であると感じた。

オランゼもジケ相手でなければ怒っていた。

「自分が何を言っているか、分かっているのか?」

「遊びでこんな提案すると思いますか?」

「…………………」

深くイスに座り直して空のカップを見つめたままオランゼは沈黙する。

無意識に手のひらを強く押して揉んでいた。

内容を聞かない事にはなかなか判断がつかない。

だがその内容は特許契約した上で話をするという。

特許契約魔法の料金や保証金はジケに払えるものでないからオランゼが持つしかない。

内容は商人ギルドを通るのか、通っても本当に事業に使える内容なのか。

信用するかしないか。

結局オランゼは自身の商人の勘に頼ることになる。

ジケにしてもこれは大きな賭けだ。

まだまだ少ない信頼で何も言わずに難しい決断を迫っている。

しかしもしこれを乗り越えられたならオランゼの事業はさらに前進し、ジケは事業にとってなくてはならない存在になる。

この先、ゴミ処理の仕事は都市全体、さらに国へと広がっていく。

そしてそれだけに収まらないのがオランゼという器なのだ。

街中や大きな建物の清掃の外注も請け負うようになり、さらに未来では裏の事業も密かに始まる。

最初は噂をまとめて情報分析をする程度のことだったが、分かりやすくするために体系化するうちに情報屋へと発展する。

掃除の人間がいても良くない顔をする人はいるかもしれないが仕事であるので追い出されることはない。

そうしているうちに清掃の人間を気に留める人はいなくなる。

もっと緩い人なら掃除の人間をいないように扱い大きな声で会話もする。

だんだんと日常生活に溶け込む清掃員だが作業をする人には耳があるのだ。

最初は清掃員。

噂や何気ない会話で気になるものをしっかり記憶して持ち帰り記録する。

情報の収集も事業をさらに広げたり細かいニーズに応えたりが主な目的。

次は清掃員とは別にアマチュアながら情報収集をメインにする半清掃員を育成する。

文字を書ける人や話術が上手い人を使い、さらに顧客に入り込んでいく。

オモテの情報収集係だった。

最後に影に紛れて情報を集める諜報員を育て上げる。

貴族は自分のところで人を雇っている。

家の中の掃除はそうしたメイドや執事、専門の侍従（じじゅう）が行うので必要ないがゴミ処理などは貴族からも要望があったし、事業拡大の反発やクレームに対処するために情報が必要だった。

そこで問題となりそうな貴族を監視させたり、貴族の侍従に近づいたり、最終的に貴族の屋敷に侵入まで行ったりする完全に闇の事業を確立した。

ゴミを集めて回っている者が情報屋なのだと誰が気付こうか。

情報屋もやるころにはゴミの直接持ち込みも可などとうたっていたので、情報を買いに来るものがいてもゴミを片手に来れば疑われもしなかった。

安定したお金もジケの目的だが本当の目的はこの情報屋事業に一枚噛（か）むことである。

本来なら情報屋事業はもっともっと先。

だからゴミ処理事業を加速させ、早くから高い信頼を築いておきたい。

オランゼはすっかり冷め、ずっと置いてあるためかなり濃くなって渋みや苦みが出ている紅茶をカップに注いでまた一気飲みした。

気付け薬代わりである。

愚かな選択。

オランゼが酔っぱらっていたってしないだろう選択を今しようとしていた。

「わかった。その提案受けよう」

「会長！」

メドワが驚愕した顔をする。

こんな無茶な提案、拒否すると思っていただけに驚きを隠せない。

「今から商人ギルドにいくぞ。メドワ、しばらく頼む」

「い、今からですか⁉　会長、本気ですか！」

「本気だ。ジケ、今からでも大丈夫だろ？」

「もちろんです」

ここまで早く決断するとはジケも思っておらず驚いたが、オランゼは慎重に見えて野心の強い男である。

怪しい提案に一も二もなく飛びつく人でないが機会を逃すほど慎重すぎる人でもない。

この提案を逃してはならない。

オランゼの頭のどこかでそう勘が告げている。

「費用は俺が持つ。もし俺のことを騙していたりくだらない内容だったりしたら……子供でも容赦しないからな」

「それは聞いてから判断してみてください」


道中の会話もなくオランゼに連れられて商人ギルドに赴いた。

平民街と貴族街の境目から少し平民街寄りにある一際大きな建物が商人ギルドである。

ジケが訪れた経験はあまりなく馴染みが薄い場所である。

オランゼが要件を伝えると受付が人を呼びにいく。

「おお、久しぶりだな、ヘルファンドの倅(せがれ)」

「お久しぶりです、副ギルド長」

ほどなくして奥から痩身細目の小さい男性が出てきた。

オランゼの身長は比較的高く、比べると頭二つ分は小さい男性は、線の細さも相まって低いというよりも非常に小さく見える。

オランゼがうやうやしく頭を下げてもまだオランゼの方が高い。

「特許契約魔法を使いたいとのことだけど君がその相手かい？　よろしくね、僕はショルネー・マクサロス。この商人ギルドの副ギルド長を任されているんだ」

ジケが抱いたマクサロスの印象は年齢不詳。

この国の商人ギルド本部の副ギルド長を任されるならそれなりに年齢はいっているはずなのに話し方も若く、見た目もそんなに年がいっている風には見えない。

見た目は若いというより老けて見えない感じの人である。

笑ってみせると細い目が閉じ、目から考えが窺えなくなる。

今もどうジケを見ているのか分からない。

「僕とギルド長、もう一人が話を聞いて記録し内容を判断するよ。子供相手とはいえ手加減はしないからね」

付いてきてと商人らしくさっさと歩いていってしまうマクサロスに付いていき奥側にある部屋の前で立ち止まる。

「ヘルファンド君はあっちの部屋で待っててね」

「分かりました」

「じゃあ君はここね」

マクサロスがやたらと分厚く見えるドアを開けてジケを招き入れる。

窓もない小さい部屋で長テーブルに一人、部屋の隅にある小さいデスクに一人座っていた。

マクサロスが長テーブルの男性の横に座りジケに正面に座るように促す。

「私はギルド長のフェッツだ。そちらの隅にいるのが記録係となるケラーシェンだ」

フェッツは恰幅（かっぷく）の良い老年男性。

ケラーシェンは若めの女性。

ジケはフェッツのことを知っていて、少しだけピリッとする。

会ったことはないけれどジケの知る過去ではある意味有名な男である。

未来で戦争が起きて、その最中にフェッツはとっとと見切りをつけて、家財をかき集めて逃げた。

ギルド長になるくらいだ、大きな商会を運営していたのにだ。

都市の経済は混乱に陥ったが戦争は勝利を収めた。

結果フェッツは国を見捨てた裏切り者になり、戦争のために国を脱出も出来ずに捕らえられて死罪になった。

目前に敵兵が迫れば誰でも怖いので批判するつもりは毛頭ない。

一つ違えば国は敗れフェッツは別の国で再起していたことだろう。

むしろ素早い判断で英断とも言えると思う。

当時の状況を考えると間違った考えでもなかった。

フェッツはフェッツなりに自分の持つものを守ろうとしただけなのだから。

ただそれでもジケには納得できない感情が少し残ってしまった。

フェッツに近い商会で働いていたのでフェッツが逃げたために商会が潰れたことを恨みに思っていることもないとも言い切れないのだ。

「ジケです。よろしくお願いします」

「よろしく、では始めようか、サイレント」

ただ今の時点でフェッツは立派に役割を果たしているので文句を言うのも筋違いである。

ジケは大人しく良い子を演じて頭を下げた。

フェッツが手を振ると部屋が魔力に包まれて魔法が発動した。

防音仕様の部屋にさらに防音の魔法を重ね掛けして情報の漏洩を防ぐ。

徹底していて抜かりがない。

「この魔法陣に血を垂らしてください」

フェッツとマクサロスが指先をナイフで傷つけて魔法陣の描かれた紙に押し付けると血は紙に吸い込まれてしまう。

赤いシミ一つ残さず二人の血を吸い込んだ紙とナイフをジケに差し出す。

こういった契約の魔法のたびに血を垂らすのは面倒なことだなと思う。

ジケはナイフを手に取ると躊躇(ためら)いなく指先を小さく切りつける。

大人だって痛みに弱い者だと嫌がるのにジケは流れるように二人に続いた。

フェッツが小さくほぅと感心の声を漏らす。

説明も手助けもしないままジケは紙に指先を押し付ける。

滲んだ血の感覚が消えて同時に指先の痛みが無くなる。

魔法陣に組み込まれた簡単な治癒魔法が発動して指先を治療したのだ。

最後にケラーシェンが魔法陣に血を登録する。

「よろしい。これよりここでされる会話は記録され、権利者の許可なく漏らさないことと誓おう」

「じゃあまず一つ目」

「一つ目？」

「ファイヤーリザード。乾燥した山岳に住む魔物で人と契約して魔獣になることもある。背中が火で燃えていて魔獣としても厄介だけれど――」

ジケの話し方が理路整然としていて、子供にありがちな要領を得ない話し方とは違っていることにフェッツとマクサロスは驚いた。

名前からして貧民の子供なのは容易に予想ができる。

つまりは学がないと誰でも思う。

貧民の子が他に比べて同年代であっても大人びた態度や考え方をする子がいることは知っていたが、ジケの話ぶりは回りくどさはありながらも簡潔で要点を得ている。

すでに商会のいくつかを任せている息子の姿が頭をチラついてフェッツは天を仰ぎたくなる気持ちだった。

未だに自信なさげにモゴつく様にため息が出てしまうこともあり、しっかりしているジケと比べてしまった。

歴戦の商人を前に密室で自信満々に話を終えたジケにフェッツもマクサロスも言葉を失った。

「まだあと二つありますよ？」

呆然とする二人に対して余裕の表情で指を二本ひらひらとして見せる。

「んっ、そうだな……少なくとも一つ目は通してもいいだろう。マクサロスはどう思う？」

「え、ええ……ここまで詳細に話せるならひとまず通してもいいと思います」

「あと二つ、この分で続くなら一つ一つ分けた方がいいかもしれんな。ヘルファンドに三回分払うつもりがあるか聞いてこなければいけないな」

「待ってください。彼もそれほど多く余裕がありはしないでしょう。ジケ君、君はヘルファンド君のところで働いてはいるけど商会員ではないんだろ？　どうだい、僕のところに来るつもりはないかい？」

「マクサロス！」

「あと二回分、僕が払おう。君は非常に聡明だ。教師を付けて勉強も教えるし、僕には子供がいないから養子を取ることも考えよう」

「おい、ここはそんな場じゃないぞ！」

　フェッツが憤った顔でマクサロスを制する。

　密室で本来の目的と離れた引き抜き行為など越権行為も甚だしい。

　信用問題に関わりかねない重大な違反行為である。

「ここまで賢い子は見たことがありません。ヘルファンドにくれてやるのはもったいない。そう、思いませんか？」

　マクサロスの細目からわずかに見える黒目がフェッツの緑の瞳を捉える。

　正直フェッツもジケに興味がないと言えるわけもないほどに惹かれているが、だからと言ってこんなところで声をかけるのはやりすぎである。

　相変わらず狡猾な男だ。だからここまでのし上がってきたのだけど少しやりすぎなところがあるとフェッツは思った。

ここであったことは外で言うことはできない。

特許契約に高い金がかかることをさりげなく伝えて、自分はそれを払えるアピールをする。

まさか養子にするとまで言うとは思いもしなかったが破格の条件である。

非常にずるいやり方である。

「答えは今出すこともありません。とりあえずここは私が出すというだけで……」

「ヘルファンドさんに聞いてからにします」

マクサロスの顔が凍りつく。

「もし費用が捻出(ねんしゅつ)できないとおっしゃられるのならマクサロスさんの手を借りることもあると思いますが、出してくれるならこのままヘルファンドさんにお世話になりたいと思います」

想像だにしない話で魅力的な提案であることは間違いなく、ゆくゆく副ギルド長の義理の息子となり商会の運営が出来るなんて貧民にしてみれば良すぎる提案である。

ただジケはオランゼが将来どうなるか知っている。利用価値も高い。

商人が目の前にぶら下げた餌(えさ)に飛びつくのはあまり良くないことなのも分かっている。

あとはやっぱりオランゼにお世話になった恩がある。

「そうですか。あまりに話を急ぎすぎましたね。ヘルファンド君に聞いてきましょう」

マクサロスは驚きと怒りを隠して平静を装って答えた。

ここまで良い条件を提示してきっぱり断られるとはマクサロスも考えていなかった。

頭がいいとは思いつつ貧民の子だと軽んじていた側面があったのかもしれない。

逆に好条件すぎて警戒したのか、賢い子ならそれもありうる。

焦りすぎて失敗してしまった。

もう少し慎重に距離を詰めるべきだったとマクサロスは反省した。

「申し訳ないな、ジケ君。気持ちはわからないでもないが今やることではなかった」

「い、いえいえ、頭を上げてください！」

フェッツが頭を下げる。子供相手でも通すべき礼儀は通す。

マクサロスのやり方は明らかに礼をかいていた。

「許してやってくれ。いろいろ複雑な時期なんだ、あいつも。……そうだな、少し休憩としよう。ケラーシェン、何かジュースがあったろう。持ってきてやってくれないか」

「わかりました」

まだ来てから長い時間が経ったとは言えないので、ジュースを出すのは詫び口止めといったところか。

ケラーシェンがジュースを持ってくるのとマクサロスが戻ってくるのはほとんど同時だった。

「あの手を揉む癖、変わらないですね」

一回分でも特許契約魔法はそれなりの値段がする。

オランゼも悩んだことだろう。

結局メドワに怒られる覚悟でお金を払うことに決めたようだ。

もしかしたらマクサロスが何かせっついたのかもしれない。

その後休みなく二回分特許の内容を話す。

半端な内容なら協議を必要とし、時間がかかるものだがフェッツもマクサロスも文句なしで特許内容を認めた。

三枚の契約書にサインをしてフェッツが防音の魔法を解く。

これでジケの話した内容はギルドに記録された。

個人はおろか国でさえ勝手に技術を使うことは許されない。

「次は特許の使用契約になるがそのまま始めてしまっても大丈夫か？」

「ジュースをもう一杯くれたら頑張れるかな？」

「ふっ、わかった。ケラーシェン頼むよ。マクサロス、ヘルファンドを呼んできてくれ。特許の仲介は私が行おう」

「それでは呼んでまいります」

ひとまず山を越えてホッとするジケ。

ジュースもよりおいしく感じられるというものである。

マクサロスに連れられてやってきたオランゼは待っている間も気を揉んでいたのか、やや疲れているように見えた。

右手の真ん中も押していたから真っ赤になっている。

再びジュースを持ってきたケラーシェンとマクサロスが退席して部屋にはジケ、オランゼ、フェッツだけとなる。

「待たせたな、ヘルファンド」

「いいえ、思っていたよりも短かったです」

「そうか」

短かったと思うなら右手がそんなにならないだろう。

オランゼが咄嗟に右手を左手で覆って隠すがフェッツはそんな様子に気付きつつも何も言わない。

「今回の特許の申請は三つ、全て文句なしで特許に相応しいと判断した」

「三つも……」

三つもやると聞いていたので最低でも最初の一つは通ったのだろうと予想していた。

オランゼは三つあることにまず驚いたが、それを許可する二人やさらには三つ全てが通ったことにもはや驚きを通り越して、遠い世界の話を聞いているようだ。

フェッツもマクサロスも自分よりも前の世代からの生粋の商人で態度は柔らかいが仕事に甘さはない。

そんな二人が協議もなしに認めたとは信じ難い。

しかもマクサロスに言われた。

ジケを引き抜こうとしたと。

正確には商会員でなくともオランゼの下で働いている者を、仕事中に引き抜こうとしたとマクサロスは悪びれもなくオランゼに言ってのけた。

苦情を言おうかとも悩んだが、ジケは商会で保護されている人物でないし、引き抜きを行なったタイミングを卑怯だと言うぐらいしかできなかった。

三回分の費用もマクサロスの態度を見て腹が決まった側面はあった。

「それで今回の技術をどう応用するかですが――」

神童。オランゼはこの言葉を思い浮かべた。

厚かましくも三杯目のジュースをお代わりしている貧民の子の考えに自分の考えを挟む余地もなく、ただただ驚かされっぱなしである。

事業への利用法まで伝えられて契約を拒否するわけもない。劇的に事業が良くなる物ではないがうまく使えば苦情は大きくなくなるし他への応用可能性もある。

多少問題はあるものの、利用できないものでもなさそうである。

「契約料は費用も出してもらいましたし一年間は無料で構いません」

「それは……」

「俺は……ヘルファンドさんに感謝しています。きっと他の人なら僕はこんなことさせてもらえなかったと思います。だから少しでも恩返しさせてください」

ちょっとやりすぎなような言葉にジケは自分でも背中がゾワっとしたが仕方ない。

それらしく見えるように子供っぽい表情を作る。

「なんと……そんな」

ジュースは美味いが三杯も飲めばお腹がいっぱいになるが子供っぽさの演出のため。

聡く抜け目のなさそうな子供に見えてその実、恩義を感じていて利益にならない便宜を図る。

秘められた感謝の思いにオランゼのみならずフェッツまでも感動する。

オランゼの中でジケに対する好感度が上がる音が聞こえる気がした。

「でも二年目からはお金貰いますよ」

「ははは、それは当然だな。私としても文句はないさ」

オランゼが破顔する。

滅多にないオランゼの笑顔。

「それと三年間はこの特許を非公開でお願いします」

「本当にいいのか？　これは公開すれば問い合わせがあるだろうに」

「もし似たような技術の問い合わせがあればその方には公開して構いませんが今はまだ積極的に公開するつもりはありません」

ここまでヘルファンドに便宜を図るとはとフェッツは目の前の少年の能力にも心意気にも感動しっぱなしだった。

これほどまでにオランゼに恩義を感じているなら引き抜くことも難しかろう。

自分もこっそり声をかけてみようなどと思っていたのをフェッツは反省した。

三枚の契約書に二人がそれぞれサインする。

商人ギルドが証人となる信頼の高い契約。

これでオランゼに対して出来る限りのことはした。

後はオランゼの手腕次第、どこまで広げていけるかである。

あえて三年の非公開期間を設けたのも何もオランゼに技術を独占させるためだけでない。

ジケは期間を意識させてオランゼの行動を早めようとしていた。

「私は帰って計画を練るとしよう。ジケはどうする？」

さっそくオランゼは手のひらを撫でている。

押すまではいってないから深くは考えていないが、もうジケの提案をどう利用するか考え始めていた。

「少し辺りをぶらついてから帰ります。今日はありがとうございました」

「いや、こちらこそ疑って悪かった。それにありがとう。三回分の料金を払ってきたなんてメドワが怒るかもしれないがその価値はあったよ」

思いのほかお金を使うことになったので手持ちではなく商会が預けているお金から費用を出すことになったので手持ちにお金があった。

これで何か食べて帰るといい、そう言ってオランゼはジケに銅貨を三枚ほど渡して足早に帰っていった。

すでにオランゼの目は未来を見つめている。あの分ならこの先も心配は無さそうである。

異変

一仕事終えて、実はジケも疲れていた。

自信満々に見えていても内心不安で、あんな状況で緊張しない方がおかしい。

緊張で体が凝り固まっているし頭も使ったので何か甘い物でも買っていこうかと商人ギルドを出て適当な店を探す。

商人ギルドの近くとあって辺りには店が多い。

「最近子供が失踪(しっそう)してるらしいな」

「子供の失踪？　貧民のガキがどっかにいなくなったって話じゃないのか？」

「それもあるかもしれんが平民の子供も失踪してて調べてみると貧民も普段より多くいなくなってるってよ」

買い食いにちょうどいいお店でもないかと周りをきょろきょろしながら歩いていると聞こえてきたのは、都市を守る警備兵の会話だった。

警備兵たちは何気ない噂話のつもりだろうが、ジケは会話に引っ掛かりを覚えて立ち止まった。

「……失踪」

兵士の会話はすでに他のことに移っている。

追いかけて細かく話を聞くわけにもいかずジケも再び歩き始める。

途中焼き菓子を買って帰る時も何かモヤモヤとした気持ちが晴れなかった。

平民街を抜けて歩いていくと歩く人が減っていき貧民街に入る。

焼き菓子をかじって歩きながらも失踪の噂について考えていた。

ぽろぽろとジケの口からこぼれるお菓子のカスは抱えているフィオスがキャッチして食べてくれていた。

貧民街において、人は元々多くのグループに分かれていて出入りも激しい。

そのためいなくなっても分かりにくいことに加えて、王国に連れて行かれたので子供が減ってグループの変化が起き、さらに分かりにくくなった。

ジケの周辺でも人の出入りがあって見知らぬ顔も増えていた。

貧民街も王都たる大都市では一ヶ所だけではない。

仮に子供が失踪しても貧民街じゃ誰も気に留めないから分からないことの方が多い。

失踪と言われればそうかもしれないけどグループの再編があって多くの移動があったとも考えられる。

平民の子供の方はそうしたことが起こらないので失踪という可能性もありうる。

まあ、なんにしても分からないことを考えてもしょうがない。

今のところ自分の周りで急にいなくなった人の話も聞いていないので差し迫った問題に思えなかった。

「あっ、ジケ兄、みっけ！」

「おっと。飛びついたら危ないじゃないか、ケリ」

もう少しで家というところで横からいきなり衝撃を受けた。

ジケの腰に手を回した薄く紫色をした腰まである長い髪の少女はイタズラっぽく笑う。

名前をケリといい、他の貧民街にいたが変態に手を出されそうになって良識を持った貧民街の大人たちによって助けられた。

「タミは？」

タミとはケリの双子の姉である。

「ふふーん、タミはねぇ、あっち。賭けをしたんだぁ。ジケ兄がどっちから帰ってくるか。それでねぇ、ジケ兄がこっちから帰ってきたから私の勝ち！」

「あー！　ケリ、ズルい！」

再び衝撃。今度は分かっていたので身構えることができた。

「ケリの勝ちー！」

「負けたー！」

ジケに飛び込んできたのは双子の姉タミであった。タミもジケに抱き着いて嬉しそうに顔を見上げている。

タミとケリは同じ顔をしているが唯一見分けられるポイントとして姉のタミには左目に泣きぼくろがあり妹のケリには右目に泣きぼくろがある。

天真爛漫で貧民街に居ながらスレたところがない二人は貧民街のみんなから可愛がられている。

ジケは二人が貧民街に来たことは知っていたが特に興味もなく過ごしていた。

ある時仕事を始めて多少食料を買い込んで帰る時に自分の魔獣に食べ物を与えてしまって自分の分がなくなってしまっているタミとケリを見て、ジケが食べ物を少し分け与えたのがきっかけでついてきた。

己の食い扶持ですら心配な状況で魔獣を大切にする純真さに施しをしたわけなのだが、何故か懐かれてしまった。

時々会っては食べ物なんかをあげていたのだが気づけば近くに現れるようになり、いつの間にか毎日会うようになっていた。

悪い子たちではなく明るい雰囲気にジケも朗らかな気分になれるので、会うことが増えてもうれしいぐらいであった。

「今日はお仕事？」

「いいや、でも大事な用事を済ませてきたんだ」

ケリの頭を撫でてやると嬉しそうに目を細める。

娘が、いや孫がいたらこんなだったのかな。

「むぅー」

タミがジケの服を引っ張り不満そうな顔を見せる。

自分も撫でろというのである。

心なしか体を伸ばしてきてフィオスも撫でろアピールをしてきているような気がする。

「フィオスを抱えてるから手は一つしか空いてないんだ」

「じゃあタミがフィオス持つ」

「分かった、ほれ」

ジケは抱えていたフィオスをタミに渡す。

「はーい。フィオス、よしよし」

「ふふ、よしよし」

双子はフィオスを気に入ってくれているしフィオスも可愛がってくれる二人を良く思っている。

タミに撫でられてフィオスは震えて喜んでいるし、ジケに撫でられてタミも嬉しそうにしている。

ほっこりとした光景。

「そうだ、二人に聞きたいんだけど」

「なーに？」

「なーに？」

「この最近身の回りでいなくなった人とかいない？」

例の失踪事件がなぜか気になったので少し調べてみる気になった。

タミとケリならある意味顔は広い。

「うーんとね……そういえば最近あの人見ないね」

「あの人？」

「ジケ兄ちゃんより年上っぽそうな人！　名前は知らない」

一瞬おっ、と思ったけれどそれはそうかとジケも思う。

今現在の呼ばれているジケやタミやケリも名前を付けてもらったというより識別するためにひとまずそう呼んでいる感じが強い。

貧民街出身ならそんな識別のための名前しかなくてわざわざ名乗らないことや名前があっても言いたくない人もいる。

顔が分かっていればいいから双子も人の名前を認識していないのだろう。

男相手にはおじさん、お兄さんって呼んでおけばこの双子の場合問題はない。

ジケはわざわざ覚えてくれた特殊なケースだ。

最近見ないってのもどれくらいか分からないし、ジケより年上だと移動や仕事を見つけてのこともある。

ジケだって顔は知っていても名前は知らない人が大勢いる。

「教えてくれてありがとう。今日は焼き菓子を買ってきたから二人にも分けてあげるよ」

「わーいっ！」

「それではお家にどうぞー」

そしてさらに家にも双子は入り込みつつある。

「お邪魔させていただきます、お嬢様方」

しばらく会えていないだけか、他に移ったか、失踪したか。

心配することはないと思ってもなんだか嫌な予感がしてならない。

数日後、ジケはある場所を訪れていた。

貧民街にある大きめのテントはグルゼイがいたところとジケの住むところの中間ぐらいにある。

声をかけて中に入ると一人の老婆が大きな杖を抱きかかえるようにして鎮座している。

どうしても失踪について気になったジケは数日の間、色々な人に聞いて回った。

何人か失踪を疑われる人がいたりもした。さらに調査をすると、他に移ったとか住み込みで仕事を始めた、冒険者になってそのまま帰ってきていない等、そんな話もあった。

ただどこにも見当たらない者がいた。

誰にも何も言わず急に消えたのだ。

誰も知らないだけでどこかに行った可能性も否定できないわけではないが、一人二人ではなく物も置いて行ってしまう人もいる。

みな子供に対しては口が軽く話してくれるが、だからこそ事態の深刻さには気づいていないとも言える。

しかしいなくなった人に法則性もないので一つの事件につなげるには無理がある。

最後の一押し、確信を得るためにジケはこの老婆の元を訪ねたのだ。

テントに入ると老婆がゆっくりと顔を上げる。

「何か用かえ？」

「大婆さんにお願いがあってきました」

皆が大婆様や長老などと呼ぶ老婆はジケにも正体が分からない。

ジケよりも遥か昔から貧民街にいる人で、ある人は彼女のことを元王国魔法師団の一員だったと言い、またある人は流浪（るろう）の占い師だと言った。

本当のところは本人以外誰も知らないけれど、いろいろな人から信頼されている人である。

「なんだえ？　言ってごらん」

「最近貧民街の子供が誘拐されている疑惑があります」

「……貧民街は世捨て人の集まり。助け合いは信条とならず頼れるのは己、厄介事に首を突っ込まないのが賢い生き方だよ」

大婆はジケの口から飛び出した言葉に驚いたように眉を上げたが、すぐに表情を戻した。

濃いグリーンの瞳がジケを見つめる。

全てを見透かすような、そんな印象を受ける瞳である。

「最初に子供を守ろうとしたのはあなたの方でしょう」

暗黙のルールとなっている『子供に手を出さない』の発起人（ほっきにん）こそ、この大婆である。

貧民街の事情通とも呼ばれる大婆は、良識の残る大人と警備隊を説得して貧民街を変えた。

ジケもこの話を聞いたのは過去で、ずいぶんと先のことになる。

そのときには大婆はいなかったので確かめようもなかった。

人に関わるなと言うけど自分は関わっているではないか。

そう言われてしまうと返せない大婆。

「別に貧民街のみんなを守ろうなんて思っちゃいないけど周りの人が被害に遭うのは嫌なんでね」

「ひっひっひっ、なんだい、あたしも事情通なんて言われてるけどあんたもいろいろ知ってそうだね。よかよか、一つ見てみるとしようかい。フォークン、おいで」

興味本位で訪ねてきたのではないと大婆は思った。

真剣な相談なら真剣に聞いてやらねばならない。

仮に勘違いなどであるならそれでいい。大婆の頭の上に黒い鳥が現れる。

大きくはないが濡れたような艶やかで美しい黒い羽を持ち、目からは高い知性を感じる。

「ちょっと行ってきておくれ」

大婆の魔獣、シャドウバード。

それなりの魔力を持つ魔物で知性が高く意思の疎通が取り易い。

シャドウバードのフォークンが翼を広げて一鳴きすると、フォークンの両脇にフォークンよりも一回りほど小さな鳥が出現する。

艶やかな羽がしっかり見えるフォークンとは違い、輪郭がぼんやりとして魔力で作られた偽物のフォークン。

小さくもう一鳴きしてフォークンと二匹のミニフォークンはテントから飛び出していった。

「サードアイ」

大婆が目を閉じて魔法を発動する。サードアイとは魔獣と視界を共有する魔法でフォークンやミニフォークンの視界を使って貧民街を広く見渡す。

残念ながら目のないスライムのフィオスでは出来ない魔法になるが、過去にラウが試してみた話を聞いた。

魔獣と視界を共有するのは感覚的に適応するのが難しいらしい。

自分の視界と勝手の利かない魔獣の視界両方が見えて具合が悪くなると言っていた。

大婆はそんな視界共有をフォークンと二匹のミニフォークンの計三匹と行い、魔獣と魔法をコントロールしながら情報も処理している。

恐ろしいほど卓越した技術と処理能力で、王国魔法師団だったと言われても納得の能力だ。

視界を共有して何をしているのか。

大婆は貧民街に住んでいる人なら大体の顔を把握している。

どうやっているのかはわからないが新しく来た人も去った人もいつの間にか把握している。

大人ならありえるかもしれないが子供なら新たに仕事を見つけたり拠点を移したりと何か事情がなければ遠くに行くことは少ない。

その上子供は日中は外にいることが多いので大婆になら分かる。

フォークンたち六つの目を使って子供を確認していく。

よくいる場所やよく一緒にいる子供たちを記憶から思い起こしながら照合していく。

時には窓から中を覗いたり低く飛ばしたり高く飛ばしたりして貧民街を網羅(もうら)する。

ジケは大人しく待っていたのだけどどうにも大婆の顔が曇っていくように見えた。

どれぐらい時間が経ったのかジケには分からないが、ただ大婆を待った。

「確かに異様に子供の数が少ないね」

フォークンがテントに飛び込んできて大婆は目を開いた。

「普段なら二、三人いなくても気に留めないがそれよりもいない子の数が多いかもしれないね。今の貧民街の動きを考えても多いと言っていいかもしれないね」

「やっぱり、そうか……」

ジケは調べる中で思い出していた。

鬱々(うつうつ)として元気もなく外に興味を持たないように生きてきた時期だったので記憶が薄く、思い出すのに時間がかかった。

「数まで数えんから気づかんかった」

大婆の声色に少し焦りが見える。

基本的には自由にしておくので細かくチェックすることもしない。

なぜ子供の数が変動したのか、大婆にも分からなかった。

「お主は何かを知っているのかえ？」

「ううん、街を巡回(じゅんかい)してる兵士が失踪について話しているのを聞いて気になって調べてたんだ」

「そうかえ」

「ただの噂じゃ済まなそうだね」

「……このことはワシの方でも調べてみよう。お主は無茶するでないぞ」

「分かりました」

必死に記憶を辿ってみて過去の経験からなんとなく思い出したはいいが、ジケはこの事件の過程を知らない。

何かが大暴れして王国騎士団が制圧したとうっすら記憶にあるぐらいだ。

どこで何があったかは思い出せない。

でも王国騎士団が動いたってことは貴族、少なくとも平民のいいとこの子は関わっている。

どっか平民街で大きな事件があったが、頭をひねるけど過去の子供のころのことはあまり記憶にない。

特に魔獣契約直後のことは思い出したくもないし思い出せるほど何もしていなかった。

愛嬌(あいきょう)たっぷりに笑ってみせるジケを大婆はフォークンを撫でながら観察する。

「……お主変わったのぅ。他の子に比べれば聡くても所詮(しょせん)は子供の域を超えんかったに、最近はいろいろしとるそうじゃね」

非常に落ち着いた態度もそうであるし、子供の失踪なんて子供はおろか大人ですら気づいていない。

魔獣契約についての話は大婆にも聞き及ぶところでジケのスライムについても当然知っている。

仲良くしていたラウとエニが優秀な魔獣と契約して兵士団に入った。

さぞかし落ち込んでいると思っていたのにその前後からジケは変わった。

大婆は貧民街の住人が何をしているのか細かく調べることまではしない。

それでも噂好きな貧民街の人から多少の噂は入ってくる。

朝早くどこか行っているとか買い物して帰ってくるとか、貧民街にいきなり現れて瞑想ばかりしていた男を師匠と呼んで身体作りをしているとか。

落ち込んでないのはいいことなのだが、人が違って見えるほどジケは変わっていた。

「過去は変わらん。が、未来は変えられるかもしれん。頑張りよ」

「あの、過去って本当に変えられないのかな？」

「いきなりどうしたんかえ？　ひっひっ、まあいいさね、答えてやろう」

なんとも子供らしい掴みどころのない質問だが大婆は快く答えることにした。

軽く冗談のようにした質問ではない目をしていたことに気がついたから。

「過去は変わらん、変えられんよ。ただし変えられる者がいないとも言えない」

「それは、どういう？」

「普通の人間には不可能なことということじゃ。しかし……うむ、精霊が良い例じゃろう。魔獣ではないが呼び出しに応じて契約を結ぶ者がおる。同様に長い歴史の中で人と契約した神もおったそうな」

「神？」

「そう。最も神に愛された者たち。そして人と契約した神の中に時を司る神がいたことがあったと古い記録にある。御伽噺(おとぎばなし)のような話じゃがこの国の歴史を大昔まで遡る(さかのぼ)と時の神と契約を結んだ王がいたそうな」

どこか遠くを見るような目をして大婆がフォークンを撫でる。

「時間を操る力を持ち、度重なる戦争に勝利し王として確固たる地位を築いた。負けそうになるたび、危機に陥るたびに時間を戻したなんて噂もある」

「時間を戻した……」

「真実は本人にしか分からないがね。しかし強大な力を持った王はなぜなのか早くに老け込んでしまい、短い生涯を終えてしまったらしい。まあ普通の人には出来ないし出来ても大きな代償を払うことになるのじゃろう」

「それ以外で、時が戻ることって」

「まずないじゃろう」

「……ありがとうございました」

「何、年寄りは暇じゃや、いつでも遊びに来なさい」

ジケの身に起きた出来事は考えないようにしても時々考えてしまう。

目が覚めるたび体が老いて何も持っていないあの頃に戻っているのではないかと不安に襲われる。

大婆のところを後にしてジケは歩きながらぼんやりと考えていた。

大婆の話を聞くと同じことが自分の身に起きたのではないかと思える。

しかしジケが契約したのは神様ではなくスライム。

抱えるフィオスを突いてみる。

指の形にフィオスがへこむ。

喜びの感情が伝わってくる。

何をしてもフィオスは喜ぶ。

突いても抱っこしても、もしかしたら叩いたってそうかもしれない。

試す気はないけど。

ポヨンポヨンと揺れるフィオスは出しておくだけでも幸せな感情が伝わってくるので出しっぱなしにしている。

大きな魔獣では難しいが小さい魔獣ではジケ同様に出しっぱなしの人も多い。

小さくもできるので食費が払えるような人なら小さくして出していることも結構あるのだ。

貧民街だとそんな余裕がないことも多いので出しっぱなしにしている人は少ない。

貧民にしては珍しくフィオスを出しっぱなしにしているジケだが、フィオスの考えは分からない。

何があったのかスライムに問うても答えは返ってこない。

フィオスはまたジケの元に来たのだが同じスライムなのかすら分からない。

神様ってものもジケが知っているのは貧民街に時々支援や施しをしてくれる慈愛（じあい）の神ぐらいのものので後はちらほら農業とか鍛冶とか職業に神がいるとかそんな認識である。

時の神なんて存在は知らなかったし、契約している人も身の回りにいたとは思えない。

仮に誰かがそうしてくれたにせよ孤独で無能だったジケを過去に戻す意味もわからない。

時間を司る神の存在なんて初めて聞いたし、フィオスが時の神様には到底思えない。

もしかしたらジケを憐れんで神様が時間を戻してくれたのかもしれない。

グルグルと答えの出ない問答が頭の中で続いて気づくと家に着いていた。

「ジケ兄お帰り！」

「ジケ兄ちゃんお帰りなさーい」

家に帰るとタミとケリの双子が出迎えてくれた。

ジケの家に鍵はかかっていないので知り合いなら出入りは自由である。

あったはずの錠は壊れているし、対応する鍵もジケが住み始めた頃にはすでになかったので鍵は『かけられない』が正しいが。

貧民街の子供が住む家に押し入って何を盗めるわけでもないとみんな分かっているので鍵をかける必要もない。

「ただいま」

今はちょっとお金を置いているので盗みに入られるとジケには少し痛手になる。

タミとケリも半ば住んでいると言えるほどジケの家にいた。

ラウとエニの部屋はそのままにしてあり、双子は空いていた一部屋を一緒に使っている。

家に入ると二匹の妖精も出迎えてくれた。

双子の契約している魔獣の風の妖精と水の妖精である。

姉のタミが風の妖精で妹のケリが水の妖精で妖精同士も仲がいい。

双子の手のひらほどの大きさの妖精はヒラヒラとジケの周りを飛んで歓迎の意を示す。

妖精は魔力が強い。

王国が前に実施した魔獣契約で契約したのならきっと声をかけられたと思うのだが現に双子はここにいる。

事情は分からないが双子にも何かがあるのかもしれない。

タミとケリの手を引いたり、彼らに手を引かれたりしながら夜のご飯を買いに行く。

タミとケリの笑顔はみんなを笑顔にする。それにほっこりしたお店の人がいろいろと割引してくれることも多く、ついつい買い過ぎてしまう。

帰る時大婆にポケットにねじ込まれた銅貨一枚も使って、ジケは食材とちょっと出来合いの料理を買った。

料理の紙袋は双子に持ってもらい他の荷物はジケが担当する。

両手が塞がっているので抱えられないフィオスはジケの頭に乗っている。

どうやっているのかは知らないが、上手くバランスを取っているようだ。

「よう！　久しぶりだな」

買い物も終えて帰路についているとジケたちに数人の子供達が近づいてきた。

見ると平民、貧民どちらの子供もいた。

「おう、リュシガー、元気そうだな」

一際身体の大きい先頭の子供がリュシガー。

鍛冶屋の息子で貧民に近い方の平民で平民ながら貧民の子供とも仲が良く、子供の中心的存在になっている。

ラウやエニがいた頃からジケとリュシガーは友達である。

実はラウに贈ったナイフもリュシガーの親父さんの鍛冶屋で購入したものであった。

だから安くしてもらえた。

「何だ、どっかでサイフでも拾ったのか？」

三人が持つ荷物を見てリュシガーが首をひねる。

食材を買うぐらいのことは時々ならジケでもやっていた。

しかし自分よりも幼いタミとケリの面倒を見てご飯まで買ってあげるなんてリュシガーも不思議に思って首を傾げた。

リュシガーは別にジケをケチだと思ったことはないけど人に施しできるほど金があるとも思っていなかった。

ジケはと言えば目立つので人に働いてることを言っておらず、リュシガーもジケが稼いでいることを知らなかった。

リュシガーの少し口の悪い言い方にジケも思わず笑みがこぼれる。

「ちゃんとサイフ拾ったら大人に届けるさ」

「嘘こけ～！　あれだろ、中身だけ抜いてってことだろ？」

別に悪意があるのではない。

平民や貧民の子供なら拾ったサイフをどうするかなど分かりきっている。

「ははは、ヒドイな」

「タミとケリも悪い大人にはなるなよ？」

「ジケ兄は優しくてとっても良い人だよ」

「そんなことを言うリュシガーの方が悪い人ー」

頬を膨らませ双子がジケをフォローする。

思わぬ反撃を喰らってリュシガーが目を丸くした後大笑いする。

「みんなして何してるんだ？」

「ああ、今日はメンバーを探してるんだ」

「メンバー？」

リュシガーも品行方正とはいかない。

中心的な役割を果たして大人びた雰囲気も感じる少年だが年相応のヤンチャさもあってイタズラに情熱を傾けることもあった。

人を集めているとあれば何か大規模な計画でもあるのかとジケは思った。

「貧民街のハズレに古い洋館が立ってるだろ？　みんなであそこに肝試しにでも行こうと思ってな」

「貧民街のハズレ……？」

そんなのあったかなと記憶を探るが思い出せない。

大人になってからの記憶にそんな建物はなかった。

ジケが大きくなった時にはもうなかったが子供の頃、つまり今はまだそんな建物があったのだろう。

「そっ。うちの兄貴も昔行ったことがあるって言っててさ。そんときゃ奥の部屋になんか置いて勇気を確かめるなんてことやったみたいだけど、俺はそんなん興味ないからみんなで見に行こうと思ってな。流石に夜抜け出してそんなとこにゃいけないから今から入ることになるけどさ。お前らもどうだ？」

「いや……」

中身は一応大人なので廃墟探索ツアーに興味も湧かない。

それにジケはグルゼイと鍛錬がある。

そう言おうとしてタミとケリに服を引っ張られる。

何かを訴えかける目をしている。

どうやら行きたいらしい。

「俺は行けないがこの子らを連れて行けないか？」

ジケがタミとケリに視線を向けるとリュシガーも同じく双子を見る。

場所も場所だし心配がないわけじゃないが止める立場でもない。

これが自分が子供の頃なら一も二もなく飛びついて一緒に行っていただろうことを考えると双子にも自由にさせてやりたい。

他の子供も行ったことがあるならそんなに危ない所でもないだろうと思った。

それに、ジケは何でもかんでも口を出すような小うるさい爺さんにはなりたくなかった。

「もちろんいいに決まってるさ」

リュシガーはグッと親指を立ててニカッと笑う。

こういう時のリュシガーは大抵大人数の子供を連れてワイワイと行動をする。

双子と同じか、それよりも幼いぐらいの子供がいる可能性もあるし、こうしたことは慣れっこなので心配は少ない。

最悪でもリュシガーは平民の子供だから問題があれば一応兵士や警備隊が動く。

荷物をリュシガー達にも持ってもらい一度家に置きに行く。

数日分にと思って買った安いパンをみんなに配って簡単な昼食代わりにしてもらい双子の面倒見を頼む。

軽く行って帰ってくるから心配するな、そう言ってリュシガーは双子と数人の子供達を連れ立って出発した。

廃墟といっても本当に危ない建物なら大婆あたりが黙っておらずに取り壊しているだろう。

心配しないのは無理だけど、したところで何か変わるでもない。

ジケはみんなが出発するのを見送ると自分も家を出て師匠であるグルゼイの元に向かう。

一緒に出てもよかったけどグルゼイに剣を習っていることも自分では言って回っていないので少しタイミングをずらした。

グルゼイに剣を教えてもらっていることを誰かに言ったりもしなかったのは、グルゼイが騒がしかったり目立ったりするのが嫌いだし、ジケもそれで何か言われるのが面倒だからである。

噂や話のネタとしてはすでに出回っているのだが、探る人もいないのでこのまま噂程度であればそれで良い。

「ほれ、今日の昼飯だ」

グルゼイのところに到着すると紙に包まれた何かを投げ渡される。

包みを開けてみると焼いた肉が挟まれたパン。

弟子になってさほど日数も経ってない頃からグルゼイは昼から来るジケに昼食を食べさせるようになっていた。

最初こそは戸惑いもしたけれど今では素直に受け取って食べている。

それに伴いグルゼイの身なりも若干小綺麗になった。

髭も髪も長いままではあるがボサボサとしていた以前に比べて整っている。

やはりグルゼイとしても小さめなジケの体格は気になっていた。

自分で稼げるようになってご飯を食べられるようになり、ジケも過去に比べればマシにはなっていたけれどまだ小さい。

成長の限界はあるので無理に大きくさせようとはしなくてもジケが成長できる最大限には成長させてやりたい思いがグルゼイにはあった。

身長はなくてもかまわないがあって困るものでもない。

グルゼイの上背(うわぜい)は普通だし筋肉が付きにくい方で体格の良い奴に比べられてしまうという苦労があった。

成長の助けになればいいと思うグルゼイなりの優しさ。

グルゼイはジケが食べ終わるまで腕を組んでジッと待っている。

頑固で寡黙、非常に厳しい人物な印象を持っていたが思いの外ジケを見る目は優しい。

まだ過去から含め一度もグルゼイに弟子だと明言されたことはない。

弟子入りする時に弟子だと言われたがあれは酒が入っての発言なのでジケとしてはやはりシラフの時に言ってほしい。

ジケが食べ終わるとグルゼイは修行の準備をする。

丸く囲うように木の棒が立てられた一角。

棒から棒へと紐が渡されていて、傍目からみてもそれが何なのかは分からないだろう。

グルゼイが張り巡らされた紐にさらに紐を垂らすように括り付けていく。

垂らされた紐の先には大小様々な石が吊り下げてあって軽く紐を揺らして落ちないか確認する。

異様な光景であるのだが少しずつ増えた棒と紐を毎日眺めていれば脅威でもないのですぐに面白い見世物と周りの認識が変わった。

頑張れよ!　なんて声をかけて貧民街のおじさんがジケの頭に布を巻いて目をふさぐ。

ジケは木の棒の囲いには入らずその一歩手前で集中を高める。

何も見えないが集中していくと世界が分かり始める。

グルゼイの技の中でも重要な部分を占める感覚を養うための訓練が始まる。

どんなものでも魔力を持っている。

そして生物は魔力を感知することができる。

人は魔物に比べて魔力を感知する能力が劣っている。

劣ってはいるのだが魔物と違い、人はその感覚を磨くことができる。

したがって魔力を感知する感覚が極まると感知した魔力で世界が見えてくる。

たとえ壁の向こう側にあってもそれなりに魔力を持っている物ならば分かる。

実はジケはこれを過去でグルゼイに習っていた。止むに止まれぬ事情から教えてもらうことになって、どうにかできるようになったが体が若返って感覚が違っているために最初は苦労した。

まずは吊り下げられた魔石に触れないように通り過ぎることからこの訓練はスタートする。

これですら上手くいかずに失敗するたびに棒で突かれたりもして、身体がアザだらけになるほど突かれてようやく魔力を感じられるようになる。

魔力が感じ取れるようになってくるとさらに訓練の難易度を上げる。

吊り下げた魔石を揺らし、それに当たらないように通り抜けなきゃならない。

それも出来るようになってくると今度はグルゼイが棒を持ち、先に魔力を込めて揺れる魔石をかわして通り抜けるジケを時々突くのだ。

ジケがグルゼイの棒を感知できずに突かれると痛みに悶えることになる。

グルゼイ一人では両手に持っても魔力の発生源は二つが限界になる。

そこで紐にいろいろ括り付けて数を増やすことで感知の精度をより高めさせようとした。

速度を上げたり魔力を持つものを増やしたり段々と難易度が上がっていった。

グルゼイは吊り下げた石を適当に揺らし始め、回すように揺らしたり遅めたり速めたり、色んな方向からジケを通り抜けさせる。

今吊り下げられているのは魔物から取れる魔石を適当に砕いたもので、小さくても大きめの魔力を含んだものや大きくても魔力の弱いものまで様々である。

ただ物が持つ魔力よりも感知がしやすいので魔石を使っている。

始めた頃は一つだけだった石は二つになり、三つになり、今では十数個まで増えていた。

「始め」

グルゼイの合図でジケが囲いの中に足を踏み出す。振り子のように揺れる魔石を感じ取りタイミングを合わせて進み、出来る限り少ない動きで回避する。

大きくかわしてしまうと次がかわせない。

そして隙が出来るとグルゼイから棒が飛んでくる。

「何回見ても凄いな」

見ている人から感嘆の声が漏れる。

一個でもいっぱいいっぱいだったジケはあっという間に十数個まで対応してみせた。

こんな訓練見たことがなく暇な大人たちが興味を持って見学していた。

いつしかジケを応援したりいつまでかわし続けられるか賭けの対象にしていた。

「ふっ！」

囲いの外側の隙間からグルゼイが先に魔力を込めた棒を、ジケを目掛けて突き出す。

魔石がどう揺れているのか感知出来て一定のリズムが出来かけていたところだった。

一瞬の判断で魔石をかわした体勢からさらに身体を反転させて棒をよける。

そうしている間にも魔石は次々とジケに迫る。

少々不恰好ではあるがタイミング悪く複数の魔石がジケの方に振られたのをギリギリかわして一息整える。

「しまっ……」

ペシっと魔石がジケの頬に当たった。

魔力をほとんど込めない棒を感知するのが遅れて、咄嗟に上半身を捻ってかわしたけれど次は小さく魔力の弱い魔石をかわしきれなかった。

「まだまだだな」

グルゼイが大きくため息をつく。

しかしよく出来た方だったので棒で突かないでやった。

「もう一回！」

今のは悔しい、とジケは思った。

もう少し集中して感知できていれば魔石の速度も遅かったのでかわせたはずだった。

「分かった。配置を変えるから待ってろ」

グルゼイは水の入った革袋をジケに渡して吊り下げられた紐の位置を変え始めた。

全力で魔力を感知して魔石をかわし続けていたので大粒の汗をかいているジケはグイッと水をあ

おる。

グルゼイはジケに対して内心驚きの感情を抱いていた。

オーランドの名前を出す貧民の少年が弟子にしてくれと言って、しょうがなくそれを受け入れてからどれほどの時間が経っただろうか。

すぐに逃げ出す、来なくなるものだとグルゼイは思っていた。

魔獣はスライムだと言うし剣を扱えるようになれば何か変わるかもしれないと、わずかな希望を持って来たのだろうが人生そう甘くはない。

蜂蜜酒分ぐらいの働きはしてやろうと基礎的な身体を作る訓練や魔力感知の入り口を教えた。

とは言っても身体を鍛える以外のことは、本人の感覚次第で掴むことができない者は一生かかってもできない。

泣かれでもしたら面倒だと思いながら真面目に訓練をこなすジケを見て少し感心していたところだった。

そして、ジケはまるで思い出したかのように突如魔力感知が出来るようになった。

魔力感知の感覚を掴むだけでも大したものだ。

認識を改めて本気で教えてもいいかもしれない、そんな思いがグルゼイに芽生えた。

しかし驚きはそれだけではなかった。

魔力感知における視覚化。

ただどこに魔力があると感知するだけでなく物の表面を覆う魔力や濃淡を正確に感知し、まるで目で見ているかのように世界を捉えることをジケはやってのけた。

グルゼイすらどれだけかけてその領域に達したのか覚えていない。

一つ言えるのは到達することは容易くはない。

そんな感心した気持ちをジケに悟られないようにしながらもグルゼイは慌てて修行の準備を整えた。

この才能がどこまで行けるのか、どう育つのか見てみたくなった。

グルゼイは少し見た目を整え冒険者ギルドに行って依頼をこなした。

魔石も入手できるしお金も手に入る。

ジケは仕事をしているとかで午前中は来ないことになっていたのでグルゼイは昼までに依頼をこなして早々と準備を進めた。

同時にやはり気になったジケの貧相さに昼飯を出して少しでも改善出来ないものかと思案した。

子供だからしっかりと身体を鍛えて栄養を与えれば見栄えはするはずと考えた。

問題としては逆に感覚を掴むのが早すぎる。

剣を使った訓練を始めるのにまだまだ身体が追いついていない。

もう少しジケの身体ががっしりしてからと考えていたのに予定していた計画が前倒しになっている。

「木の剣ぐらいは与えるか……」

順当に計画をこなしていくのは良いことであるが調子に乗らせてはいけない。

おおよそ男子は木の棒を剣に見立てて遊ぶため、木で作られていようと剣を与えられれば大体舞い上がるものだ。

ジケに関してそんな心配はしていないがそれでもしっかりした剣を一度持たせて重さや扱いの難しさ、注意をした上で木の剣で訓練を行うことも検討する。

「少し難しい依頼をこなさなくてはな」

揺れる魔石を完璧にかわし続けるジケを見てグルゼイは思わずため息をついた。

ジケはグルゼイとの鍛錬を終えて家に帰っていた。

遅いなと思っていたらタミが泣きながら帰ってきた。

リュシガーが真っ青な顔をしてジケに頭を下げた。

「ケリがいなくなった！」

タミの言葉にジケは意識が遠のく思いがした。

なんて事はない肝試し、ちょっとした冒険のはずなのに何が起きたのか。

リュシガーから話を聞く。

目的地は北のハズレにある古い洋館の廃墟。

今は断絶した貴族が住んでいたもので丈夫な造りと、曰く付きなお話のせいで壊されないまま長らく放置されて幽霊屋敷などと呼ばれている。

曰くも、断絶した貴族の幽霊が出るとか夜中に女性の泣き声が聞こえるとか、変哲もないもので、もちろん幽霊の存在なんて確認はされていない。

普段門は閉じられて入れないが横の塀はボロボロになっていて簡単に乗り越えることができる。

いつ頃からか男子の度胸試しや子供たちの身近な冒険の場所として選ばれるようになった。

廃墟の近くに住む子供ならば誰しも一回は行ったことがある場所になる。

危険はない、はずだった。

十数人ほどの子供を連れてちょっとしたピクニック気分で廃墟を訪れたリュシガー達は部屋を覗いたり、先達たちが残したちょっとしたイタズラなんかを楽しんだりしてグルッと廃墟を回った。

最初気づいたのはタミだった。

隣にいたはずのケリがいつの間にかいなくなっていた。

ケリがいなくなって周りを見てみると、何人か一緒に回っていたはずの子供がいなくなっていた。

特に迷うわけもなさそうな廃墟の中で迷子になったのか。

リュシガー達はもう一周していなくなった子供を捜した。

けれどもいなくなった子供は見つからなかった。

むしろさらにいなくなった。

訳の分からない状況に恐怖したリュシガー達は泣いてケリを捜すと言い張るタミや他の子供を連れて一度帰ってきた。

「俺、どうしたらいいか分かんなくて」

リュシガーは泣きそうな顔をしている。

いなくなったのはタミをはじめとする貧民の子だけでなく平民の子も含めて一人二人でない。

体格は良くてもリュシガーもまだまだ子供である。

ましていきなり他の子がいなくなるなんて対処のしようもない。

ちゃんとみんなのことを見ていなかった申し訳なさと、この状況の混乱にどうしたらいいのか分からないのだ。

「ごめん、ちゃんと二人の面倒を俺が見るべきなのに」

「……リュシガー、お前は大人にこのことを言うんだ」

「えっ？」

「俺は大婆のところに行く。早く行くんだ！」

「わ、分かった……」

嫌な予感がする。

「タミ、大婆のところに行くぞ」

「で、でも……」

「ケリを助けるためだ」

「ッ！　分かった！」

ジケとタミは家を飛び出して大婆のところに向かった。

タミが追いつけるようにジケは加減しながら、だけれどタミは全速力でジケについていく。

「大婆！」

大婆は相変わらず起きているか寝ているか分からないような表情のまま、テントの奥に鎮座していたが息を切らせて入ってきたジケに目を開けた。

「なんだい？　そんなに急いでどうしたんえ？」

「子供が失踪した」

「前に言ってたそれについては今調べさせてるよ」

「違う、さっきまた子供がいなくなったんだ」

「……それは本当かい？」

「こんな嘘ついてどうするって言うんだ。失踪した子供にはこの子の妹もいるんだ」

ジケの後ろには息を切らせるタミ。

ジケはリュシガーから聞いた話を含めて何が起きたのか大婆に説明する。

「これは悠長に構えてる場合じゃないね」

事の重大さを理解した大婆はフォークンを飛ばした。

「この子を頼みます」

「どうするつもりなのか、聞かなくても分かるが止めてもどうせ無駄なんだえ？」

「当然です」

「ふむ、その子は任せな」

「タミ、大婆と一緒にいるんだ。俺はケリを捜してくるから」

「私も……」

ジケはダメだと首を横に振る。

ジケの考えている通りならタミがいても足手まといにしかならない。

「ケリを見つけて無事に帰ってきてね……」

目いっぱいに涙を溜めるタミの頭を優しく撫でてジケはテントを後にする。

その日の夕方、街の巡回を担当する兵士数人が北のハズレの廃墟を捜索した。

しかし行方不明になった子供たちの痕跡は見つからず日が暮れてきたことから捜索は次の日以降に持ち越された。

その日の夜になってもケリを捜すと言って出て行ったジケは帰って来なかった。

誘拐事件

「うっ……」

頭がズキズキと痛む。

ジケが目を開けるが、視界は暗くて全く何も見えない。

とりあえず痛むところをさすってみるが手にヌルついたような感覚はなく、出血はなさそうだと確認できた。

埃っぽくて空気の流れが悪いのか呼吸がちょっと苦しい。

地面を触ってみるとどうやら石っぽいが自然のものでなく表面は滑らかだった。

人工的に作られた石の床に感じられる。

以前までのジケであったなら途方に暮れていただろう。

ジケは目をつぶり視覚に頼ることをやめて魔力を感知することに集中する。

（一人、二人……）

魔力を感知してみると部屋には人がいることが分かった。

部屋の隅に固まるように二人。

体格からして子供。

感知の範囲を広げて今いる空間のおおよその状況も把握する。

この二人以外には人の姿はなく、敵はいない。

「ファイヤーライト」

どこかで監視されていたら危険だがこのまま暗い状況では何もできないので、一か八か魔法を使って周りを照らす。

ジケの手のひらの上に拳大の火が燃え上がり、周りが火の赤っぽい光に照らされる。

目が慣れるまで多少しばしばと瞬きを繰り返して、ようやく見えてきたので人がいる隅に視線を向ける。

「あなた……一体誰ですか」

守るように薄い紫色の髪の女の子を抱きしめる白い髪の女の子がいた。

抱きしめられているので顔は分からないけれど、特徴的な薄い紫色の髪を見ればわかる。

抱きしめられている女の子はジケが捜していたケリであった。

ひとまずホッと安心して大きなため息が漏れる。

白い髪の女の子は警戒したようにジケを睨みつける。

「俺はジケだ」

「ジケ？」

「ジケ……ジケ兄！」

バッとケリが顔を上げてジケを見る。

途端に涙が溢れ出してケリがジケの胸に飛び込む。

ジケはケリを受け止めて優しく背中を撫でる。

よほど怖かったのだろう、ケリはひどく泣き出してしまった。

「あなたは……」

「ジケが俺の名前さ。君こそ一体誰だい？」

どう見ても貧民の子ではない。

それどころか平民でもなさそう。

つまりは貴族に見える。

容姿が端麗(たんれい)だからということではない。

かなりの美少女であることに異論はないのだが魔力が綺麗だと最初に感知した時に思った。

ジケと変わらないほどの年に見えるのに、すでに魔力を扱う術を学んでいるのか身体を澱みなく循環させている。

貧民も平民も子供のうちから丁寧に魔力を学ぶ事は少ない。

魔力を感知できるジケだからこそ分かる。

少なくとも貧民やそこらの平民ではない。

改めて見てみると単純に服装や所作からも貧民の子ではないと分かる。

「私はリンデラン。リンデラン・アーシェント・ヘギウス」

「ヘギウス……ヘギウスってあの？」

「……そうです」

「はぁ〜まさか……」

ジケは驚きを隠せなかった。

ヘギウスとはジケでも知っている元四大貴族の一角であった。

言葉が出なかったのは元が付くのは過去の話なので現時点ではまだ四大貴族だったかなと少し考えたからである。

貴族に興味はなくても酒のつまみとして人が話しているのはよく聞いたことがあった。

何かの原因でただ一人の後継者を失い、当主の気が狂って四大貴族から外されてしまった悲劇の貴族だったとかうっすらと聞いた気がした。

どのような事件があったのか知る由もなかったが、ここにきてその原因が何なのか悟る。

しかしどうしてそんな箱入りのはずのお嬢様がこんなところにいるのかジケには理解できない。

「どうしてこんな……」

こんなところ、窓もない石造りの謎の部屋。

火を掲げてみると狭い部屋の中がうっすら見える。魔力で感知したのと大差はない。

唯一の出入り口に見える方向には鉄格子があって出られない。

いわゆる牢獄というやつである。

しかも窓がないため空気の流れが極めて悪い。

ジケの最後の記憶を辿り、記憶と状況を合わせて考える。

とすると今いる場所は牢獄の中でも面倒そうな、地下に造られた地下牢になるだろうと結論づけた。

「ごめんなさい……気づいたらここにいてどことかは分からないんです」

「ここがどこなのかは見当が付いてるけどな。俺が聞きたいのは貴族がどうしてこんな貧民街にいるのかってことさ」

貴族街にいたのならこんな所に来ることはなかったと断言できる。

「それは、その……」

「こんな所で隠し事したって何にもならないと思うがな。まあいい、今は脱出することを考えよう」

言いにくそうにもごもごするリンデラン。

聞きはしたものの理由に察しはつく。

たとえ聞き分けがいい貴族の子供だとしても、いや、聞き分けがいいからこそ日々のお勉強に耐えられなくなることもある。

親しい平民の子供でもいて近く、あるいはここまで付いてきたのだろうとジケは考えた。

「大丈夫か？」

撫でているうちに大泣きだったケリも少し落ち着いてきた。

「うん……」

「俺はケリを助けに来たんだ。表じゃ大婆やリュシガーの親が働きかけてきっと大人たちも捜している。助けてくれるのも時間の問題のはずだ」

「うん……ありがとう、ジケ兄」

「俺は脱出出来ないか見てみるからリンデランさんのところに行ってなさい」

「うん」

ケリは少し名残惜しそうに、けれどワガママを言うことなくリンデランのところに行った。

それを確認したジケは鉄格子に近づくと一本を掴んで力を入れて押したり引いたりしてみる。

古い廃墟となった洋館の地下牢にしては頑丈でほんのわずかも揺れすらしない。

鉄格子の扉は鍵付近が細かい格子状になっていて子供の手でも通りそうになく、こちらも揺らしてみてもほとんど揺れないほどしっかりした作りになっている。

魔法もまともに扱えない子供には到底脱出不可能な牢屋である。

扉に近づくとジケが出している光が揺れる。

魔法を防ぐ効果もある割とお高めな本気の牢屋のようである。

それでもジケはこれなら地下牢からの脱出は出来そうだと思った。

問題はいつ、どのタイミングで出るか。

相手が何者にしろ四六時中活動しているわけもないだろう。

人ならば休憩や睡眠を取るし、逆に活発に活動している時間もある。

上手くタイミングが合えばこっそり抜け出すことも不可能でない。

夜なら寝ているだろうし、タイミングが図れなくても昼に逃げ出しても人がいる所にすぐに逃げ出せる。

外と言わずに一筋の日の光でも確認出来たなら少しは違っていたが。地下牢では時間の確認も難しい。

「あっ……」

ジケがアゴに手を当てて悩んでいると可愛らしい音が鳴った。

小さい音だったが、こう静かな空間では目立ってしまうのはしょうがない。

音の元はリンデランのお腹だった。

小動物の鳴き声のような可愛らしい音を鳴らしてしまい、リンデランは顔を真っ赤にしている。

「その、時間は分からないのですがもうしばらく何も食べてなくて……あぅぅ……」

腹が鳴るぐらい貧民の子供の間では何てことはないが貴族の淑女(しゅくじょ)にとっては非常に恥ずかしい。

何も言っていないジケに必死に言い訳するも動くとさらにリンデランのお腹が鳴る。

「リンデランさんはいつからここに？」

「ずっと真っ暗だったから分かりません……でも何人か他に人が連れて来られて、また連れて行かれて……ケリちゃんと私が最後の………デザートだと」

人をデザートとは悪趣味なやつである。

こんな所にいれば時間の感覚がなくても当然のことで、よく暗闇の中で動揺も少なくいられたものだと感心すらする。

「食事も、水もなくて、ケリちゃんが来なければあと少しで干からびていたかもしれません」

ケリの魔獣は水の妖精なので多少の水なら出せる。

それで何とか凌いでいた。

もしかしたらリンデランは一日やもっと長い時間ここに閉じ込められていたのかもしれない。

「えっと、ほれ」

「これは？」

「干し肉だ。逃げる時に走れないんじゃ困るからな」

ジケはポケットから布に包まれた干し肉を出してリンデランに放り投げた。

念のためと持ってきたちょっとお高めの干し肉だった。

「硬いですね」

「一気に噛みちぎろうとせずにちょっとずつ噛んで食べるんだ。そうしてれば味も出てくる」

リンデランはジケの言葉に従い素直に干し肉をカジカジと食べている。

「なんていうか……しょっぱいですね」

そりゃあ保存食だから多少は、出かけた言葉を飲み込んでジケは顔を逸らす。

リンデランは干し肉をかじりながら大粒の涙をこぼしていた。

落ち着いたように見えてもリンデランは不安に押しつぶされそうになっていた。

暗闇、何が起きているか分からない恐怖、連れて行かれて帰ってこない子供達。

感情を押し殺し平静を装ってようやく自分を保っていた。

自分より幼いケリが来てからは自分がしっかりしなければと言い聞かせて、抱きしめて落ち着かせるようにしたけれど実際は誰かにそばにいてほしかった。

久々の食べ物にリンデランは限界を超えてしまった。

食事ともいえない食事だがいろんな感情が噴き出して止まらなくなった。

干し肉をかみしめるようにして声を殺して泣く。

ジケがケリにしてあげたように、今度はケリがリンデランを抱き寄せる。

泣きながら干し肉を食べ少しお腹も満たされて二人はやがて寝てしまった。

灯りは消さないでくださいとジケに注文をつけて。

どのみち相手の様子は分からない。

起きたら脱出を開始しようと考えてジケも壁に寄りかかってここまでの経緯を整理する。

何となく引っ掛かりを覚えた失踪事件の噂を聞いて、まさか自分が巻き込まれるとは思いもしなかった。

北の廃墟に行ったケリがいなくなって真っ先に失踪事件を想起して捜しに来た。

こうしてみると失踪ではなかったようである。

失踪したことには間違いないが、より正確に言えばこれは誘拐事件であった。

普通に探しても何も見つからなかったのでジケはジケなりの捜し方をすることにした。

魔力感知で廃墟を捜索してみた。

なぜか洋館が廃墟になって久しいのに廃墟は魔力で満ちていた。

いくつか部屋を回ってみて廃墟の奥の何の変哲もなさそうな部屋も覗いてみた。

元々は倉庫として使われていたのか空の木箱や壊れた棚が放置されていた。

ドアも壊れていて軽く覗けば簡単に部屋の様子が分かる。

一瞥（いちべつ）すれば何もないことがわかる部屋だがジケはその部屋に違和感を覚えた。

入る意味もない狭い部屋だから床のものを触る人もいない。

壊れた木箱や倒れた棚の木片は広く床に散らばるはずなのに、なぜか部屋のど真ん中付近には物が少ない。

よく見てみると部屋の真ん中を四角く囲むようにものがどけられていた。

不自然に思ったジケは部屋に入って真ん中の床を調べた。

すると床を四角く切り取るようなわずかな切れ目のようなものがあった。

その切れ目周辺にある木片をどけてみると木片の下に取っ手のようなものを見つけた。

床にあった切れ目の正体、それは隠し扉だった。

不自然にどけられた木片は扉を使うためで、扉に乗せられていた木片は取っ手を隠すために上に置かれていた。

ここだと思い、警戒を解いてしまった。

取っ手に手をかけた瞬間、頭に強い衝撃を受けてジケは気を失った。

まだ触ると痛い後頭部をさすり、ジケは起きて目を擦るリンデランを見る。

「そう言えば……」

思い出した。

どうして失踪事件に引っ掛かりを覚えたのか。

過去の話、貧民街に近い平民街の酒場、素性も品格という言葉も知らないような男たちが飲み交わす憩いの場で、ジケは知らないおっさんに絡まれた。

一杯奢れとすでに酒臭い息を吐くおっさんは代わりにと一つ話をした。

元々おっさんは治安維持部隊でそこそこの地位にいて将来も有望だったのだが、ある時とある貴族の孫娘が失踪してしまい、その捜索隊長としておっさんに白羽の矢が立ったらしい。

人員を導入して聞き込みなんかをしたが結局見つけることは出来ず、貧民街でも起きていた失踪事件にまで手を伸ばして捜索を続けた。

貧民街での失踪事件の犯人は間も無く見つかったが暴れに暴れて建物が一つ消し飛び、怪我人も大勢出て犯人も死んだ。

犯人は魔力を持った子供を誘拐し、魔獣に食わせていて魔化という現象の一部に冒されていたとか聞いた覚えがある。

後々の現場の捜索で捜していた貴族の孫娘の遺品の一部が見つかり、貴族は大激怒した。

犯人はすでに死んでしまっていて孫娘もいない。

結局責任はおっさんが取ることになり、貴族を怒らせてはまともな職につけず場末（ばすえ）の酒場で酒をあおっているという話だった。

ジケも酔っていたし、酒欲しさの作り話だと思っていたので思い出すのに時間がかかり過ぎた。

あの話が嘘でなく本当なのだとしたらと考えるとジケは背中が凍るような思いがした。

まず他の失踪した子供や連れて行かれた子供達はもう魔獣のエサになっていることだろう。

デザートと無神経極まりない言い方からもそのことが見て取れる。

この廃墟がいつ無くなったのか記憶にないのも、過去失踪事件が起きた時期は気分が沈み人に会いたくなく世の中と離れて生活していたので知らなかったからである。

引っ掛かりを無視しないで早く思い出していれば助けられた子供がもっといたかもしれない。

「どうしたんですか？」

暗い顔をするジケをリンデランが覗き込む。

泣き腫らした顔をしているリンデランの方がひどい顔をしているというのに心配してくれている。

「いや、何でもない。そろそろ脱出しようと思うからケリを起こしてくれないか」

リンデランはケリを起こして少し体を動かす。

暗闇では危なくて大人しくしているしかなかったがこれから全速力で走ることもありうる。

「フィオス、頼んだ」

魔石状態だったフィオスを呼び出す。

「す、スライム……ですか?」

脱出するというから期待していたらジケがスライムを呼び出したことに、リンデランは驚いた。

「スライムだよ」

当然のことのようにジケは笑ってみせる。

スライムに出来ることは可愛らしくプルプルしているだけじゃないと見せてやる。

フィオスはジケの腕から飛び出すと身体をグーと伸ばして二本の鉄格子の下の方に自分の体を巻きつける。

するとものの数秒で鉄格子の下が溶ける。

「ほい」

今度はフィオスを両手で持って軽く上に投げる。

上手く鉄格子の上の方に張り付いたフィオスはまた鉄格子を数秒で溶かしてしまう。

あっという間に鉄格子は二本の鉄の棒へと成り変わる。

落ちて物音を立てないように支えていたジケは持っていくか悩んだが、予想よりも重さがあり取り回しに苦労しそうなので牢屋の中に捨てていくことにした。

「す、すごいですね!」

リンデランの目が驚きに見開かれる。

スライムの思わぬ能力を目の当たりにして興奮が隠せない。

「シー！」

「ごめんなさい……」

ケリが口に指を当てて静かにするようにリンデランに注意する。

鉄格子の中からでは分からなかったが出入り口の先はすぐ上に向かう階段になっていた。

ジケが予想していた通り、ここは地下にある牢であった。

階段を上っていくと階段上の扉は閉まっていた。

身体を押し当てるようにゆっくりと音を立てずに扉を開けて出ると、ジケが隠し扉を見つけた倉庫に出た。

部屋はやや暗いので朝方か夕方の時間帯。

「行こう」

幸い誘拐犯はいない。

けれど窓はガラスが割れて板が打ち付けてあり様子も分からず出られないから玄関に向かうしかない。

恐ろしいほどの静寂のなか、玄関に走る。

運が良かったのか、気づかれていないのか妨害もなく玄関まで着いた。

「やった……！」

玄関が見えてリンデランが一人駆ける。

「危ない！」

もうすでに警戒を緩めて気絶させられた経験のあるジケは油断していない。

弾かれたようにジケは駆け出してリンデランを押し倒すように伏せさせる。

背中ギリギリを何かが通り過ぎた。

体勢をすぐさま整えてそれの方を警戒する。

触手のようにニョロニョロと蠢（うごめ）く木の根が床板の隙間から生えて伸びていた。

割れた床板の下にある地面から生えていて、ジケの足ほどの太さがありながらしなやかに動いている。

そうそう簡単にはいかなかったかと舌打ちする。

「どこへ行くつもりだい、クソガキ」

年寄りのような掠れた声が聴こえて、ジケ達が来た方とは逆側から一人の男が姿を現した。

頭髪は一本もなく異常な痩せ型で手足もふしくれだっていて、喋らなかったらこの男が木を操る魔獣なのだと思えるほどである。

「あんた……何者だ」

「ヒヒッ……ガキに名乗る名前なんてねぇよ。どうやって抜け出したのか知らねえがさっさと牢屋に戻りな。おっともう扉は開かないぜ」

男が枯れ枝のような指を動かすと床から何本もの根が突き出してきて、玄関の扉に根を張り塞ぐ。

そんな状況の中ケリはちゃっかりとジケの後ろまで避難してきていた。

「ケリ、リンデランさん、俺が合図したら玄関に走るんだ」

「で、でも」

「いいから。……今だ！」

ケリとリンデランが走り出す。

「どこへ行く？　そこはもう開かないぞ」

「フィオス！」

魔力も弱く誰も気に留めない魔獣。

こう暗くてはもはやいないものと変わりないために、玄関の扉前に移動していても気づかない。

今度は鉄格子の時と違って広がって扉に張り付くようにくっつく。

「スライム如きが体当たりしたところで開くわけも……」

確かにフィオスが体当たりを何回したところで扉が開くわけもないことはジケも重々承知である。

ただ今のフィオスは体当たりをして扉にへばりついているわけじゃない。

「何だと⁉」

扉の真ん中はみるみると溶けて大きな丸い穴が開く。

「ライト！」

「うっ！　クソガキがぁ！」

男が慌てて手を振り木を操ってリンデランたちを逃すまいと動かした。

ジケだって男の好きにさせるつもりはない。

魔力の消費が少なく、ジケにも使えて効果がありそうな魔法を使う。

ライトの魔法はファイヤーライトよりも光が強いが魔力の消費が大きくジケの魔力では長時間使えない。

その代わりにしっかり魔力を込めるとそれなりに眩しい。

リンデランのご希望に沿えてファイヤーライトを結構な時間維持したので魔力はあまりない。

こっそり寝ている間に魔法を使うのを止めたりしたけどそもそもジケの持つ魔力は多くない。

けれどほんの一瞬でも相手の目が眩めば儲けものだ。

「ケリちゃん！」

男は目が眩んでほとんど適当に木を振るって攻撃する。

よく見えてなくても目指している場所が分かっていれば勘でもそれなりに狙えてしまう。

横振りの、どうしても回避することができない一撃が二人を襲った。

それに気づいたのはリンデランだった。

自分でもどうしてなのか理解できないが、身体が勝手に動いてケリを後ろから力一杯押していた。

「リンちゃーん！」

押された勢いも相まってケリは穴から外に転がるように飛び出し、リンデランは木の根に弾き飛ばされ脱出に失敗する。

「ケリ、大婆のところに行くんだ！　早く助けを呼んでくるんだ！」

「んっ……うぅ！」

ひどく歪んだ泣きそうな顔をしてケリが洋館に背を向ける。

「クソ！　クソ！　これ以上逃しはしないぞ！」

ドアを開かないようにする程度だった木が穴を覆うように伸びて塞いでしまう。

逃がさないという強い意思を感じる。

けれどドアを塞がなくても同じ手は二度も通じない。

「リンデラン！」

壁に強かに叩きつけられてグッタリとするリンデランにジケが駆け寄って状態を確認する。

「大丈夫か」

「うっ……」

幸い死んではいないが子供の体に先ほどのような攻撃は衝撃が強すぎる。

リンデランは口から血を流し気を失っている。

「すまないモルファ、わざとじゃない、わざとじゃないんだ。ガキが思ったよりすばしっこくて、それに、ほら、一番のガキは、いるだろ。逃がさないから、もう逃げられないから」

更なる追撃も覚悟していたが男は目を激しく動かし虚空を見ながら何かと会話をしていて尋常な様子ではない。

本当はこんな状態のリンデランを動かすのはまずいがこのまま男の目の前にいるのも良くない。

リンデランの手を肩に回し無理矢理引きずって逃げる。

男は会話に夢中でジケの動きに気づいていない。

玄関から遠ざかるがどっちにしろもうあそこからは出られない。

子供の身体というものを恨めしく感じる。

いくら華奢な女の子でも同じく華奢といえる体格のジケでは運ぶのも容易いことでない。

とてもキツイがあえて上の階に向かう。

床下の地面から木の根が飛び出してきたので二階なら根っこが追って来れないのではないかと予想した。

当然リンデランを抱えて階段を上るのは楽でなかった。

一階の脱出出来そうな部屋を探した方が早かった可能性もあるが、ジケはずっと一階の床下から嫌な魔力を感じていた。

一階のどこにいても感知されているような気がしたのだ。

とりあえずドアがちゃんとある部屋を選んで入る。

リンデランを床に寝かせてジケも一息つく。

乱れた息を整えながら何か武器になりそうなものはないかと周りをキョロキョロと見渡す。

廃墟に都合よく剣が落ちているわけもないことはジケも理解している。

せめて持ちやすい木の棒でもあれば気分も違ってくる。

リンデランの呼吸は弱い。

何もしなくてもこのままでは弱っていって死んでしまいそうだ。

「しょうがないか」

いざというときの備えは怠(おこた)らない。

お金を稼げるようになって買ったのは主に食料を中心とした物がほとんどだが、それ以外にも大きな金額を費やして購入していたものがある。

左の足首に付けた、ジケお手製の皮のポケットベルト。

足首に巻き付けられてちょっとだけものが入るだけの簡単なもの。

そこから小さい瓶を取り出して蓋を開け、リンデランの口から流し込んで中の液体を飲ませる。

中に入っているのは中級回復魔法薬、いわゆる中級ポーションである。

本来はもっと大きな瓶に入っているものをジケはさらに小さい瓶に詰めて常時持ち運んでいた。

まるまる一本飲むことに比べて効果は弱くなるがそれでも中級ならそれなりに使える。

ポワッとリンデランの身体が淡く光り苦しそうだった呼吸が落ち着いていく。

安心したのも束の間、言い争うような大声が階下から上がってくるのが聞こえた。

正確には一人分しか聞こえないから争っているわけでないが。

せっかく落ち着いたリンデランをどこかに連れさられるわけにいかない。

ジケは必死に頭を回して考えた。


「ここかなぁ〜?」

特に塞いでもいないドアを蹴破って男が入ってきた。

「んん？　おいクソガキ、女はどこ行った」

「帰ったよ」

部屋にはジケ一人しかいない。

男がキョロキョロと見まわしてみてもリンデランの姿は見えない。

「チッ……どこに隠しやがった。しかもぉ、なんだそれは？　あー、火かき棒か、ヒヒッ」

ジケは火かき棒を剣のように構えて男を睨みつける。

たまたま暖炉の中にあったのを見つけた。

長らく放置されていた暖炉は煤けていて、ジケの両手は真っ黒になっている。

「ヒヒヒッ、あー……これだからガキは嫌いだ。女の居場所をさっさと吐け！　じゃないと、殺してくれって叫ぶほど痛めつけてやるぞぅ！」

男は気味悪く笑ったと思えば急に怒り出す。

情緒不安定で見ているジケが不安になる。

「もういい、もういい、もういい！　さっきからうるさいんだ。このガキを痛めつけて聞きゃいいんだよ！」

また一人で誰かと会話をしだす男は、何かを振り払う素振りをしたり激しく首を振ったりしている。

一体何と会話しているのか分からなくて気味が悪い。

「言わないのなら覚悟しろよ、ダークボール」

ジケの身長ほどもある大きな黒い玉が男から生み出され、ジケに向かって発射される。

とてもじゃないが子供に防げるものには見えない。

（集中しろ！　俺なら……できる！）

なんてことはない。

ジケは上から真っ直ぐ火かき棒を振り下ろした。

ダークボールが真ん中から二つに割れてジケの横を通り過ぎて後ろの壁に穴を開ける。

成功した喜びで顔が綻（ほころ）びかけるのを無理矢理抑えた結果、怪しい笑みを浮かべているように男の目には映った。

男も驚きに目を見開く。

何が起きたのか理解できない。

魔法が勝手に二つに割れるなんてことはありえない。

魔法か魔法剣でも使えば切れるが、これぐらいの年齢の子で相手の魔法を綺麗に真っ二つにするほどの魔法を扱えるわけもない。

そもそも目の前の少年にはそんな魔法を扱えるだけの魔力を感じない。

魔獣が魔力供給の少ないスライムだったことも見ているし、魔法を使ったようにも見えなかった。

廃墟に落ちていた火かき棒が魔法剣なわけもない。

「ガキがいったい何を……うるさい！　あぁ、もういい、ダークボール！」

警戒して動きが止まったからこのまま時間を稼ぐことができると思ったがそう簡単にはいかない。

先ほどとは違いジケの胴体ほどの大きさで個数は三つになったダークボールがジケを襲う。

いちいちダークボールを使うのに手を振り下ろしたりと動作が大きく、魔法そのものは直線的で魔法の発生も遅い。

冷静に見れば避けることは難しくない。

たとえ実戦慣れしていなくて無様に横っ飛びしてかわしたとしても、ジケの動作が不慣れでスマートさに欠けているだけで決して間一髪回避したのではない。決して。

「ムカつくなぁ、鼻につくなぁ。さっさと……さっさと死ねよ。いや、女の居場所を吐けよ。ダークボール」

このままかわしているだけでは活路は開けないことはジケもわかっていた。

危険でも反撃しなければ逃げられない。

体をかがめて魔法の下をくぐる。

ジケの毛先を魔法が掠めるが、多少毛先がなくなるぐらい死ぬことに比べればなんてことはない。

「フィオス！」

ジケはフィオスを召喚して手元に呼び寄せる。

そして鷲掴(わしづか)みにしたフィオスを思い切り男に投げつける。

「なんの遊びだ！」

スライムというやつは核を攻撃すれば倒せる。

誰でも知っている常識のようなものだけどスライムを倒して得られるものなどない。

仮にスライムが飛んできて顔に当たったとしてもダメージもなく、軽く手で払えばスライムの直撃も避けられる。

男もフィオスを簡単に払い退けた。

フィオスは飛んでいって床に激突するがそれぐらいではスライムもダメージは受けない。

「はあああっ！」

そして投げ飛ばしたフィオスに隠れて男に接近したジケは思い切り火かき棒を振り下ろした。

「いぎっ……！」

苦痛に歪んだのはジケの顔の方であった。

男の肩に火かき棒は直撃したが、火かき棒は曲がってしまった。

とても硬くて殴りつけたジケの手の方が返ってきた衝撃で痛んでしまったのだ。

「何かしたか？」

腕にまで広がる痺れと痛みでジケは反応が遅れた。

乱雑に顔を殴りつけられてジケはゴロゴロと転がっていく。

「う……」

「ほら、さっさと終わりにしてやる」

まずいかもしれない。男も学ばないはずなく大きな魔法では当たらないと考えた。

子供相手なら大きな威力も必要ない。

質より量。人の頭大のダークボール十数個がジケに襲いかかる。

「吐け、いや、死ね、いや、吐け」

今一番大事なのは命。飛んでくるダークボールを避ける、避ける、避ける。

ミシッ。

脆くなった床板が一枚ジケの足の下で割れる。

そのまま強く踏んで横に移動するはずだったが、床板が割れて力が入らず回避がワンテンポ遅れる。

ギリギリ予定通りダークボールを回避することができたが次はかわせない。

火かき棒を横振りにダークボールを切ろうとするも咄嗟すぎて魔法を切ることに失敗した。

しかし失敗しても構わない。

パッと手を離れて火かき棒は飛んでいってしまうが、ジケは火かき棒とダークボールがぶつかる反動に逆らわず利用して上手く回避した。

「グフッ！」

しかし幸運は長くは続かない。

放たれた魔法は続いていて、かわした先にも飛んできていた。腹部一発、それで動きが止まり顔にもう一発。

かわすことも防御することもできず、魔法をモロに喰らったジケは吹き飛ばされて後ろの壁に叩きつけられた。

叩きつけられた強い衝撃に肺から空気が勝手に出て行く。

痛みが強すぎて攻撃を喰らったところだけでなく全身が痛むように感じる。

歯を食いしばって気を失うことだけは耐えたが、男が近づいてくるのがかすんだ視界に見える。

喉を上がってくるものがあって咳き込むと口から血を吐いてしまう。

「手間かけさせやがって……女の居場所さっさと吐いてもらおう……か⁉」

動こうとしてもジケの体は動かない。

ちょこまかと手間をかけさせたジケがようやく大人しくなり、ニヤリと笑った男がどうやってリンデランの居場所を吐かせようか思案しながら歩いていると突然視界が斜めになる。

男を一瞬の浮遊感が襲う。

一階の床に落ちてようやく自分が立っていた二階の床がなくなったのだと男は理解した。

一階の床も腐りかけで落ちて割れたので多少の衝撃が吸収されて痛み以上の体の損傷はない。

見上げると分かる。

床が腐って抜けたのではない。

明らかに何かに切り落とされている。

「何者……！」

「遅い」

何かが床を切った。

その事実に気づいた時にはもう男の首は刎ね飛ばされていた。

「俺の弟子に手を出した罪、命であがなってもらおう」

「し、師匠？」

床を這いずって床に空いた穴まで行って下を覗き込むジケが見たのは、グルゼイが男の首を刎ねる瞬間だった。

なぜここにいるのか疑問に思うがひとまず助かったと思った。

グルゼイがジケを見上げて眉をひそめる。

口から血を流し、右目付近が黒く変色しているジケの姿にグルゼイは怒りを覚える。

「無事だったかと言いたいところだが思っていたよりも酷い状態だな」

「すいません……師匠に剣を習っておきながら情けなくて」

「そうではない……」

「師匠！　危ない！」

まだ剣を教えてもないのだし明らかな異常事態である。

無様な姿だなんてこのような状況で思うわけもなく、子供に、ましてや自分の弟子にこんなことをした奴に怒りしかない。

この廃墟に来て異常な状況の一端を理解してよく生き残った、よく耐えたものだ、そうグルゼイは思っていたがジケは全く違う捉え方をしていて少しだけショックを受けた。

弁解しようと口を開いたがその隙もなく首の無くなった男の身体が動いた。

拳を高く振り上げグルゼイに襲いかかる。

もちろんグルゼイに油断はない。

首を切って血の一滴も出ないのだから何かがおかしいと思っていた。

まずは弟子の生存確認を優先しただけで終わったなどと微塵も思っていない。

「くっ！」

剣を振り肘から先を切り飛ばすが男の勢いは衰えない。

そのまま残りの腕でグルゼイに殴りかかり、間一髪グルゼイはそれを避ける。

よく見ると男の首や腕の切り口からその正体が分かった。

「年輪……お前、木だな。本体はまた別のところにいるのか」

表面は人のように見えていたが中身は木であった。

頭と腕を失った不気味な木製人形は未だグルゼイに殴りかかろうと体を反転させる。

「気味が悪いな」

頭や腕を切り落としても動いてくるというなら対処は単純だ。

「大人しくしていろ」

薄く均一な魔力がグルゼイの全身を包み強化する。

ジケにはまだ見えない速さで剣を振るい、左手を上げた木製人形は瞬く間にグルゼイの剣にバラバラにされた。

「ふぅ、大丈夫か、ジケ」

グルゼイが飛び上がりジケの横に着地する。

二階の高さをこともなげに飛んでみせるグルゼイにジケは実力の差を感じる。

「師匠、どうしてここに……」

「……弟子の危機とあれば飛んでもくるさ」

少し照れくさそうにグルゼイが頬を掻く。

ジケの居場所をグルゼイが知るわけもないから大婆が伝えたのかもしれない。

それにしても助けに来てくれるなんてジケにとって意外だった。

実際大婆の知らせを受けたのだが、大慌てで飛んできたなんてグルゼイに言えるわけもなかった。

「もうすぐ兵士やなんかも来るはずだ。女の子も保護された」

「良かった……」

「ただ……まだ終わっていない」

グルゼイが振り返りざまに剣を振る。

一階から伸びてきた木の根の先がボトボトと床に落ちていく。

あの木製人形は本体ではない。

人形でも操作するのは容易いことではないので、近くにまだいるはずだとグルゼイは考える。

「もう少し待っていろ。すぐに終わらせてくる」

グルゼイが再び飛び降りて一階に降りていく。

「どうやら本体も近くにいるみたいだな。尻尾巻いてどっかに逃げればいいものを、スティーカー」

グルゼイの右手の裾から小さな蛇が顔を覗かせて赤い舌をチロチロと伸ばす。

スティーカーと名付けられたグルゼイの魔獣である。

スティーカーはその小さな口を大きく開けるとグルゼイが持つ剣の根元に噛み付いた。

牙から剣の表面にグリーンの線が広がっていく。

グルゼイの剣の表面には剣の根元から枝分かれする細い溝が剣の先まで伸びている。

スティーカーの牙から出た毒が溝の端から溝を伝って剣先まで満たされていく。

珍しいタイプの魔獣との協力技をグルゼイは使う。

そうしている間にも木の根はグルゼイに襲いかかる。

弟子を傷つけられた怒りに燃えながらも頭は冷静に。

避けて、切ってとあらかじめ決められていた動きのように無駄がなくダンスでも踊っているかのようにグルゼイは木の根を処理する。

木の根だって硬いはずなのに、柔らかいものでも切っているかのように。

「ボーッと見てる場合じゃないな」

ただ上から眺めていても状況は変わらない。

痛む身体を押してジケは床を這いずる。

床が抜けても危ないのでグルゼイが開けた穴から少し離れて移動する。

目指すは暖炉だがもう一本火かき棒を探すためではない。

「えっと、ここら辺かな」

暖炉に手を突っ込みペタペタと触って探る。

すっかり日も落ちて暗いので視認するのは難しく、魔力を感知できるような集中も保てない。

指先に神経を集中させてそれを探す。

布の質感を感じてそれをグッと掴む。

「よい、しょっと」

脇腹が痛むが気合を入れて掴んだものを引っ張り出す。

大きな塊が暖炉の中から引きずり出される。

「おい、大丈夫か？」

ジケ自身の手も真っ黒なのであまり効果はないが、それでも多少はマシになるだろうと暖炉の煤を払う。

「少し……かなり埃っぽくて呼吸が苦しかったです」

真っ黒なそれが目を開けた。

真っ黒な中に少し紫がかったようなブルーの瞳がジケを見上げている。

暖炉の中から引き出したそれは煤にまみれて真っ暗になっていたリンデランだった。

咄嗟にリンデランをどこかに隠さなきゃいけないと思った時、目についたのが部屋にあった大きな暖炉であった。

長いこと手入れもされていないのか煤けて真っ黒になった暖炉にリンデランを押し込んだ。

ついでに煤を手に取って顔やその目立つ髪に塗りたくって隠した。

薄暗い部屋の中では分かりにくく、まして暖炉の中をしげしげと覗き込む奴もいない。

その過程で火かき棒はたまたま見つけたのだ。

結局グルゼイが駆けつけたので意味はなかったかもしれないが、見つけられなかったので効果のあるアイデアだったと思いたい。

「身体はどうだ？」

「まだとても痛いですが先ほどよりは少しだけ和らぎました」

ポーションの効果があったようで話はできるようになった。

しかし走って逃げられるほどの回復は出来なかった。

逃げられたとしてどこに行く。

玄関は塞がれている。グルゼイが来たので今は玄関も破壊されているかもしれないけど、確かめられなきゃ向かうのも自殺行為だ。

ジケと男の戦いで壁に穴が空いていても二階から飛び降りるのはとてもではないが耐えられない。

「動けるか？」

「……とても動けそうにはありません」

動こうとしてみてリンデランがうめき声をあげる。

リンデランの状態も相当に悪い。

「何でもいい。這いずってでも移動するんだ」

「……わかりました」

仰向けの体勢からリンデランが小さくうめき声を上げながらうつ伏せにひっくり返る。

逃げるのは難しいかもしれないがせめてこの床の抜けそうな部屋から離れた方がいい。

落ちればグルゼイが戦う戦場だし、落ちた衝撃でそのまま死んでしまいそうなぐらい危険な状態だ。

ジケは右腕でリンデランを抱えるようにしながら二人で少しずつ移動を始めた。

「貴様は一体何者で、何故私の邪魔をする」

一方でグルゼイは木の根を切り続けていた。

きりがないと思える戦いだが木の根の動きが鈍り始めた。

木の根っこだって無尽蔵に生み出せるわけでない。

特に攻撃のパターンに変化もないので戦うのも難しくなく、切り落とされた根の先は腐るようにして消えていく。

自然の木の根っこではなく魔力で作り出された魔獣の根っこなので切り落とされると消えてしまうのだ。

近づいてきているのは魔力を感知していたから分かっていたので声をかけられても驚きはしない。

しかし実際相手の姿を見てグルゼイは内心ギョッとしていた。

木製人形も決して太くはなく本体の細さを予想させるに足る体型だったが現れた男は偽物よりも細く、例えるなら枯れた木のような身体をしていた。

頬はこけていて腕や指は強く掴めば折れてしまいそうで骨と皮だけと表現しても良いが、それよりももっと水分が抜け落ちたような体をしている。

言葉を発さなければ木の魔獣は目の前の男なのではないかと思うほどであった。

身体からは生命力が感じられない。

なのに目はやたらとギラつき意思に満ちていて怒りに燃えている。

異様な風体の男にグルゼイは思わず警戒を強める。

「モルファ」

呼ぶが早いか、床を突き破って木が生えてきた。

人ほどの高さのところでポッキリと折れてしまったかのような切り株みたいな見た目をしていて表面が黒い。

やや特殊な形状だが木を操る特性と見た目からトレントの一種であることがわかる。

幹の途中から生えた枝がしなり、グルゼイを狙う。

ほんの一瞬の判断、グルゼイは振りかけた剣を止めてモルファの攻撃をバク転で避けた。

後ろに反ったグルゼイの胸の上を風を切る轟音を立てて枝が通り過ぎる。

グルゼイはそのまま着地の勢いを利用してモルファに切り掛かる。

ガキンと金属同士がぶつかる甲高い音が鳴り響く。

モルファはグルゼイの攻撃を枝で防いでみせた。

枝ごと両断するつもりだったが逆に手がわずかにしびれる。

「黒いトレント……やはり普通ではなかったか」

木に擬態するトレントは見た目も様々である。しかしモルファは明らかに他のトレントに比べて黒いのである。

木というよりも巨大な炭に近く、金属のように硬い。

グルゼイの感じた嫌な予感の正体である。

あのまま回避しないで枝を剣で切ろうとしていたらグルゼイは今ごろ手痛い一撃を喰らっていた。

「ヒヒヒッ、貴様に俺のモルファは切れんよ」

モルファから距離をとるグルゼイを見て勝ち誇ったように男が笑う。

「そうか？　なら試してみよう」

生来の負けず嫌い、誰かが言った言葉を思い出しながらグルゼイはグッと体勢を低く剣を構える。

一瞬で距離を詰めて剣を振り抜いてそのまま駆け抜ける。

「無駄な足掻きを」

男は鼻で笑って軽く手を振る。

すると今度は今まで普通の色だった木の根に代わって黒い木の根が床から生えてきて一斉にグルゼイに襲いかかるが、グルゼイはそんなこと気にせずモルファ本体を切る。

むなしく金属がぶつかる音がするが諦めない。

モルファはグルゼイを捉えきれず、グルゼイの攻撃はモルファにダメージを与えられないやり取りの繰り返し。

終わりの見えない勝負かのようにみえたが変化が訪れた。

何度目かも分からない斬撃。

ずっと聞こえていた高い金属音とは違う、少し低めの音に男の顔がくもる。

剣の刃の部分だけではあるがモルファに食い込んでいた。

表面で弾かれるばかりであったのに確実にモルファに傷をつけていた。

しかしまだ切るというには程遠いのでグルゼイはもう一度斬撃を叩き込むと再び鈍い音がして剣の半分ほどがモルファに食い込み、男に焦りが生まれた。

「クッ……一体どうやって」

種明かしをしてしまえばなんてことはない。

ただひたすらに全く同じ場所を切り付けた、それだけである。

トレントの顔部分を参考にして切り付けた場所を覚えて、木の根の攻撃を避けながら自分の位置を調整して同じところを切る。

言うは易いが何もかも高水準でなければ行えない緻密な攻撃だし負けず嫌いで偏屈なグルゼイならではのやり方。

多少切り付けられたところでなんてことはないが、グルゼイの執念に妙な気持ち悪さを男は感じていた。

「モルファ、本気でいけ！　ダークスピア！」

焦った男が魔法を使いモルファを支援する。

本気でグルゼイを仕留めにかかる。

黒く細長い槍状の魔法がグルゼイに向かって飛んでいき、同時にモルファの木の根も四方八方から振り下ろされる。

「たった少し傷をつけたぐらいでいい気になるなよ！」

一部の魔法を切り裂き、後は寸でのところで避けるグルゼイはどこからどう見ても防戦一方で余裕がないように見えるが本人はニヤリと笑みを浮かべた。

たった少し、その少しで自分には十分であると。

対して攻め立てている男はグルゼイのような余裕はない。

男の魔力も無尽蔵なわけじゃない。

魔法の使用、木の根の再生でも魔力は減るし細い身体は魔力を失えばあっという間に弱り切ってしまうのでさっさと片をつけなければいけない。

なのに、グルゼイに攻撃は当たらない。

完璧に追い詰めたように見えても抜け目なく穴を見つけたり、魔法を切って木の根にぶつけて軌道を逸らしたりと回避を続けている。

逃してしまったガキも気がかりだと男は思う。

おそらくよほど間抜けじゃない限り人を呼ぶに違いなく、どこかに身を隠す必要がある。

生きた証人がいる以上徹底的に調べるはずだからこれまでの方法は使えず、町を離れることも考えなくてはいけない。

どうやって目の前の目障りな奴を殺すか男が考えていると、モルファの動きが目に見えて鈍くなってきていた。

「モルファ、何を……」

グルゼイがつけた傷はすでに塞がり魔力が底をついたわけでもない。

なぜモルファに異変が生じたのか、なぜ苦しむように揺れているのか。

男は理解ができなかった。

グルゼイは避けるのに必死でモルファに近づいてもいない。何がモルファを苦しめているというのか。

「う、ウウッ……」

突如として腹部に針で刺されたような鋭い痛みを感じ、男は膝をついた。

自分が何かされたのではない。

これはモルファが感じている痛みだと瞬時に分かった。

「意外だな」

グルゼイがゆっくりと男に近づく。

グルゼイの魔獣であるスティーカーは非常に小柄な蛇の魔物で、単純な力だけでいえば相当非力な部類に入る。

けれどもスティーカーは別名森の殺し屋と呼ばれるインフェリアバジリスク。

その大きな武器となるのは身体能力でも魔力でもない。

強力で抗いようのない毒こそがスティーカーの最大の武器である。

さすがに刃先まで毒を通すのは難しく刃先だけでは毒に侵すことは無理だが剣身に刻まれている溝にはスティーカーの致命的な毒が満ちている。

剣身の半分まで入れば相手は完全に毒に侵されることになる。

毒に侵されたのは魔獣であるモルファであって男ではないのに男の方も苦しみ始めた。

魔獣との結びつきが強いと魔獣の苦しみや痛みすらも契約している本人が感じることがある。

絆が深いとかリンクが強いとか表現にはいくつかあるが要するに魔獣と心を通わせることであり、喜びや痛みなどの感情や感覚を共有することができて魔獣から受けられる魔力も多くなる。

単に一緒に居ればいいというわけでもなく相性や魔獣の性格によっても絆の強め方は変わる。

そして痛みなどの感覚まで共有できるということは最上級クラスに絆が強いことになる。

よって痛みまで感じるほど絆が強いことは稀である。

ましてトレントは魔獣としては知能が低い。

総じて知能が低い魔獣は関係を築きにくく絆を強めにくい。

毒の効きにくい植物系の魔獣で絆も強めにくいのに膝をつくほど痛みを感じるとはグルゼイも思っていなかった。

「今度こそ終わりだ」

だが男が魔獣と深く絆で結ばれていることなど今はどうでもいい。

男の方も苦痛を感じて動けなくなったのだとしたら好都合なだけ。

もっと余裕があるなら拘束すべきだがジケの体の状態を考えるとそんなことしていられない。

さっさと殺して弟子を教会にでも連れて行って治療してもらおうとグルゼイの剣が男の首に当てられる。

「リィィィィン！」

最後の足掻きか、新たな敵襲か、天井が崩壊して何かが落ちてきた。

「何者だ！」

魔獣が何かしたのかとグルゼイは思ったが、モルファはただの木のようになって動いていない。

そこにいたのは白髪のやたらガタイのいい老年男性。

老年男性の周りにはチリチリと火の粉が舞い、魔力が渦巻いている。

「貴様こそ何者だ、ワシの孫はどこにいる！」

「孫？　何のことだか……」

「ウソをつくなぁ！　ファイアウェーブ！」

老年男性が腕を突き出すや魔力の奔流（ほんりゅう）が炎へと変わり、波打ちながらグルゼイに押し寄せた。

「この……ジジイ！」

間一髪グルゼイが魔法を切って直撃は避けるも圧倒的な熱量に服の端が焦げ付く。

「クッ、おい聞け！　少なくともあんたと俺は敵じゃない」

「なにぃ！　…………ならワシの孫はどこにおる！」

「俺は知らん。さっきまでここにいた男が知っているはずだがな」

気づけば横にいたはずの男がいなくなっていた。

モルファもいない。

いざこざの間に隙をみて逃げ出していたのであった。

「なんだと、逃さんぞ！」

よほど焦っているためかグルゼイの言葉を聞いて老年男性はすぐに飛び出して行ってしまった。

わざわざ壁に大穴を開けて飛び出していかなくてもと思うが、知らない爺さんに忠告することもない。

慌てて追いかけるまでもない。

毒が効いているのだから逃げられたとしても高が知れている。

老年男性が追いかけるのに開けた大きな穴を見ながら逆に気持ちが落ち着いていくのをグルゼイは感じた。


「ハァッハァッ……クソッ」

グルゼイの予想通り廃墟の裏で男はほとんど逃げていないにもかかわらず、激しく息切れを起こし胸を強く握っていた。

モルファに回った毒が男のことも苦しめていた。

あと少し、あと一人でよかったのに欲張ったと後悔が浮かんでくる。

あのお方のご期待に沿えるようにと屋敷に入り込んだ子供の中で有望そうな者を選んで捕らえて養分にした。

非常に強い魔力を持った子供を捕まえたので最後の仕上げにしようと取っておいたのが失敗だった。

さっさと取り込んでいれば今頃はこんなところで逃げ回っていることもなかったろうし、もし戦うことになってもこんな情けない姿を晒すことはなかった。

動かなくなったモルファを一時的に魔石状態にしてこっそり逃げてきた。

魔石状態にしたとはいえ身体の不調は治らない。

全身が怠く呼吸が苦しい。

何をされたのか男には分かっていないがマズイ状態である。

「ひとまずここを離れなければ……」

「どこへ行く?」

後ろから頭を鷲掴みにされて持ち上げられる。

いきなり火を操るデカイジジイが現れた隙に、チャンスだと思って逃げてきた。

しかしそんなデカイジジイに片手で持ち上げられた。

「ワシの孫をどこへやった」

馬鹿の一つ覚えみたいに同じ言葉を繰り返す。

「ヒヒヒッ、あんたの孫……そうだな、俺を殺せばその孫とやらと一生会えなふ……ふぃ」

キツく締め上げられて痛む頭で状況を打開する方法を考える。悪知恵を働かせようとするが下手な時間稼ぎはむしろ相手を怒らせた。

ミシミシと音が聞こえてくるほど手に力が込められ言葉を発することもできない。

痩身とはいっても人一人を片手で持ち上げるとはどんな化け物だ。

(ヤバい……もうこれしかない)

徐々に遠のく意識の中、男はポケットに手を突っ込んでモルファの黒い魔石ともう一つ小指の先ほどの大きさの黒い丸い石を取り出して、口に入れた。

縦長とはいえ手のひらぐらいの長さのあるモルファの魔石を一息にのどに押し込む。

「むぐぐ……」

異物がのどを通ることを身体が拒否して気持ちが悪く涙が出てくる。

「何をしている！」

後ろからでは何をしているか見えないが足をバタつかせ苦しむ様子にようやく異常に気づいた。

男の頭から手を離し胸ぐらを掴んで引き寄せる。

男の目は焦点が合っておらず口を手で押さえたまま涙を流し続けている。

「何を飲み込もうとしている」

口から手を引き剥がそうにも男はものすごい力で抵抗しており動かない。

「うぐ……」

「な、おい、おいっ！」

男ののどが大きく動き魔石を飲み込んだ。

途端男の身体から力が抜けグルンと目が上を向く。

慌てて身体を揺すってみても男はダランとして反応はない。

口に手を当ててみても呼吸をしていない。

手を離すと男の身体は力なく地面に倒れる。

「な、なんと」

潔いのか、意地が悪いのか、自殺するだなんて微塵も思わなかった。

孫であるリンデランに繋がる唯一の証人が死んでしまったことに肩を落とす。

廃墟のどこかに捕らえられているならいいが他の場所に捕らえられていたらと考えるとゾッとする。

「……むっ」

廃墟をひっくり返しても捜し出してみせると自分を奮い立たせた瞬間、嫌な気配を感じて振り返った。

いや振り返ろうとした。

視界がぐるぐると周り、浮遊感、そして地面に叩きつけられた。

耳鳴りがして物が何重にも見える。

「キシシ……苦労かけやがって」

殴られて吹き飛んだのだと理解するのに時間はかからなかったが状況の理解が出来ない。

死んだことは確認した。

なのに、死人が息を吹き返したというのか。

さらにはあの細腕で殴ったところでいかほどのダメージもないだろうに、油断していたとはいえ一発で意識が軽く混濁するほどの膂力(りょりょく)はどこから湧いて出たのか。

頭を振り焦点が合ってくると男の姿に驚愕する。

例えるなら木のような容姿の男だった。

それが今はどうだろうか、明らかに男は木になっている。

水分が抜けたようでガサガサだった肌は樹皮になり目は赤く染まり指先が枝のように伸びている。

樹皮もただの樹皮ではない。

モルファと同じ真っ黒な樹皮に覆われている。

「キシシ、シネ」

「ファイアウォール！」

トドメを刺そうと殴りかかる男の前に炎の壁が反り立つ。

人にせよトレントにせよ火が目の前に現れたら怯んでしまうのはどうしようもない。

一秒にも満たず隙とも言えない硬直だが、わずかばかりのためらいが生じることを知っている。

自分の炎であっても相当熱いのにそんなことお構いなしに何度もやってきた過去の経験がなせる本能にも近い妙技。

ファイアウォールを防御ではなく目眩し、一瞬の隙を作ることに使う。

ファイアウォールを出して自分は殴りかかり、すぐにファイアウォールを消すことで火傷もせず気づけば相手は目の前に拳が迫るという荒技。

タイミングを間違えば自分が自分の魔法でやけどしてしまう。

魔力を送るのをやめて魔法を消してもすぐには魔法は消えないために遅れれば無防備なパンチにもなり兼ねない非常にシビアな戦い方である。

当然男も気づいた時には顔面にパンチを食らい後ろに転がっていた。

お返し。

ある種の高等技術を単に殴られたから殴り返すのに使った。

「ハッハッハッ、孫の居場所を聞かねばならぬから手加減をと思っておったが……お主は危険すぎるな。このパージヴェル・アーシェント・ヘギウスがお主を倒してみせよう」

パージヴェルが剣を抜く。

一般的な両刃剣に見えるが二メートル近い体格のパージヴェルに合わせて作られた剣なので実際は普通のものよりも大きい。

男が起き上がり感情の読めない目をパージヴェルに向ける。

思い切り拳を振り抜いたのに男にはダメージを受けている様子は見受けられない。

「コロス」

それどころか人らしさも段々と失われていっている。

「相手が名乗ったら自分が名乗るのも礼儀だろうに」

メキメキ音を立てて男の身体が一回り大きくなる。

より木らしくなり、もはや残っていた人らしさが完全に消え去ってしまう。

男が一直線に距離を詰め、腕を振り下ろしたのを剣で受ける。

本気を出したわけではないが手を抜いたわけでもないのに受けた剣が額スレスレまで押される。

近づけば近づくほどに感じる不吉な魔力。

不安定な感じがしていた魔力が段々と落ち着いて馴染んでいっている。

身体に力を込めて男を押し戻して、切り返す。

刃先は硬い表皮に阻まれ切れはしないが構わず振り切る。しかし流石に男の方も何度も転がることもせず少しよろけるに留まった。

年寄りとは到底思えないパワーだが男の方も先ほどまでとは比較にならない力をしている。

「我が孫に手を出した罪を思い知れ」

ただ少し切っただけで終わるパージヴェルではない。

剣に魔力を込め炎をまとわせ切り掛かる。

咄嗟に腕を上げて攻撃を防ごうとしたが取るべき行動は防御ではなく回避だった。

研ぎ澄まされて周りがゆっくりと動いている、そんな感覚に陥るほど男の能力は強化されていた。

どうせ切れはしないと上げた腕がゆっくりと目の前を落ちていき、腕が視界から外れるとその向こうでパージヴェルがすでに突きの体勢をとっていた。

恐ろしいほどに無駄のない滑らかな動作。

次にどう動くかは相手の反応次第なのにまるで決まっていたようにパージヴェルは剣を操る。

驕りでも慢心でもない、絶対的な自信を持っている。

金属のように硬い表皮も切り裂ける自信がパージヴェルにはあり、回避だろうと防御だろうと剣をしっかり振り下ろせることは分かっていた。

単純な動作が故にパージヴェルの動きはとんでもなく速かった。

男の能力も上がったのでパージヴェルの攻撃にはついていけるはずだった。

視覚だけはパージヴェルの行動に付いていけていた。

なのに、体は付いていけず動かない。

慣れない速さに男の意識が体の方に適応できず、パージヴェルの攻撃の速さに対応できていなかったのだ。

「燃えろ」

切られたことは分かってもなぜ切れたのか分からない。

どうしてすべてがゆっくりに見える世界でパージヴェルだけが普通に動いているのか分からない。

ようやく腕の痛みを感じ始めた時、男の胸にはパージヴェルの剣が刺さっていた。

そして胸に剣が刺さったことを認識した時、男の身体は炎に包まれていた。

「あああぁぁぁぁぁ！」

「安らかに、逝くといい」

慈悲をかけるならそれは中途半端にせずさっさと殺してやることである。

パージヴェルは燃え尽きるのを待つのでなくもだえ苦しむ男を袈裟（けさぎ）斬りに両断した。

苦痛を感じさせずに殺してやることがせめてもの情けであったのだ。

「不吉な魔力、魔獣との同化、この男に何があったんだ……」

剣を納め燃える死体を眺める。

リンデランのことを忘れてはいないが拘束するにはあまりに不確定要素が多くリスクが大きい。

もっと人がいるならそれもよかったかもしれないが、逃げられでもしたら厄介なことになる。

段々と力に慣れてきていたので完全に慣れてしまう前に倒した方がよいと判断した。

「まあよい、今はリンデランを捜すことが優先……」

「おい」

「ぬっ？　お主は……」

叩きつけられた左の脇腹が痛まないようにゆっくりとリンデランは仰向けからうつ伏せに体勢を変える。

まずはもうこの部屋の床は信用が出来ないので部屋から離れなければいけない。

リンデランの横にピッタリくっつき引っ張りながらジケは少しずつ進む。

情けなく這いずることしかできないけれど諦めるつもりなんて毛頭ない。

どんなに無様な姿であっても生き残ることの方が大事なのだ。

「大丈夫だよ、フィオス」

フィオスが心配するようにジケの側にいる。

ジケの体の周りを飛び回っては手の煤などの汚れを取ってくれている。

下から時折金属のぶつかる音がしてグルゼイが戦っていることが分かる。

幸い男の頭の中からジケやリンデランのことは抜け落ちているらしく攻撃される気配はない。

今のうちに少しでも移動しておきたい。

「リィィィィン！」

「なん……だ」

状況が把握できない。

もう少しで廊下に出られるところで誰かの声が聞こえたと思ったら天井が落ちてきた。

そんな義理もないのに身体が勝手に動いた。

「身体を丸くしろ！　フィオース！」

リンデランが頭を抱えて膝を曲げて丸くなる。

激痛が全身に走るがそんなことも言っていられない。

ジケはリンデランを抱きかかえるように覆いかぶさった。

同時に衝撃で床が抜ける。

ふわりとした感覚に襲われる。

轟音と衝撃で天地がひっくり返ったように何も分からなくなった。

「お、重い……」

元々かなり古くなった建物に戦闘の度重なる衝撃や床に空けられた大きな穴などが重なって一気に崩壊してしまった。

ジケとリンデランは崩壊に巻き込まれて二階から落ちた。

床だけでなく上から天井も崩れてきたのだけど二人は運が良く潰れることはなかった。

崩れた木が支えあって偶然二人が入れるだけの空間を作り出していた。

それも本当に二人がギリギリ収まっているだけで余裕はない。

落ちた時に仰向けになったリンデランの上に乗っているジケは動かない。

身体を動かそうにも痛みと狭いスペースのせいで身をよじらせるぐらいしかできない。

ただ思いのほか落ちた衝撃による痛みはない。

気づくと背中が柔らかいとリンデランは思った。

手を伸ばしてみるとぷにっとした何かに触れた。

押してみると弾力がある。

リンデランを衝撃から守ったのはジケだけではなかった。

とっさにフィオスを呼んだジケはフィオスをリンデランの背中に差し入れた。

衝撃に強いスライムの特性を生かしたのだ。

これ以上リンデランにダメージがあると命に関わるので少しでも衝撃を減らそうとした。

フィオスクッションのおかげで、リンデランは落下によるダメージをほとんど受けずに済んでいた。

「ジケさん……？」

動きたいのに動けない。

上になっているジケが動いてくれないとどうしようもないのに待てど暮らせどジケは動かない、何の反応もない。

不安になったリンデランがジケの肩を揺すってもうめき声すら上げない。

ハッとして呼吸を確かめるが息はしている。

打ちどころが悪く気絶しているのかもしれないと思った。

とりあえずジケが生きていて安心するが自分の手元すら見えないのでどうしたらいいのか分からず不安が胸を占める。

このまま知り合ったばかりの男の子と抱き合ったような体勢のまま誰にも見つからないなんてこともあると考えると怖い。

怖いのだが今の体勢を考えた時、密着した体温とジケの呼吸を直ぐ近くに感じて意識しないようにすればするほど意識してしまう。

そもそも男の子の友達もいないためこんなに近いことも当然リンデランは経験にない。

変なところに考えが飛んでしまうと止まらないもので思わず顔が赤くなる。

「あれ……これは」

リンデランの手に何かドロっとした物が触れた。

ほんのりと温かく粘度のある液体がジケの方から垂れてきている。

液体がどこから出てきた何なのか分からず感覚を頼りに液体の元を辿る。

液体はジケの身体を伝って垂れている。

辿っていくとコツンと手が硬いものに当たった。

上に長く伸びる木片なのはすぐに分かったが液体は木片の上から垂れてきている物ではない。

その液体の正体に薄々勘づいてしまって急激に心臓が締め付けられる。

「あ……あぁ……」

ジケの体を伝う液体はジケの体と木片の間から流れている。

崩れた屋根か床が運悪くジケの背中に突き刺さっていて液体はジケの身体から流れ出る血液であった。

怪我の状態を確認しようにも顔を上げられないし暗くて何も見えない。

怪我の周辺を軽く触れられるぐらいで他に何もしようがない。

「ジケさん？　……ジケさん！」

頭の中が一気にパニックになって訳も分からず涙が出てくる。

怪我の程度は分からないけれどどう考えても軽くはない。

放っておいてしまうとジケの命が危ないことはリンデランにも分かる。

動揺しているとリンデランの背中からフィオスが抜けだした。

「どうしよう……このままじゃ」

「おい、ジケ、そこにいるか！」

少し離れたところから男の人の声が聞こえた。

姿は見えずリンデランの知り合いではない声であるが、少し前に暖炉に隠れている時に聞いたジケと話していた師匠と呼ばれていた人の声に似ている。

「こ、ここにいます！　うっ……」

少なくとも自分を誘拐監禁していた人ではなく、敵意も感じられない。

聞こえるように大きな声で返すがそれだけでリンデランの身体は悲鳴を上げる。

ポーションの効果がまだ残っていたのとジケの最悪な状態のために忘れていたが、決してリンデランも良い状態とは言えない。

「……ッ、ここです！」

身体が痛くてもリンデランは力を振り絞って声を出した。

もし気づかれなければ、死んだと思われ離れていってしまったら。

残された時間は少なく今の自分にできることは声を出すことだけなので、リンデランは必死に叫んだ。

しかし無情にも相手からの反応はなく自然とリンデランの頬を涙が伝う。

「こ、ここにいるんです……誰か、お願い………」

もしかしたら自分の上にいるジケは自分を置いて逃げれば無事だったかもしれない。

自分を助けようとしたがためにこんなところで死んでしまうかもしれないし、助けようとした自分も結局助からないのではないか。

悲観的な考えが浮かび、申し訳なさに胸が張り裂けそうになる。

「ヒャッ！　……うぅ……」

チロリ！

何かが頬に触れてリンデランは可愛らしく叫んだ。

それでも体が軋むような痛みが走る。

何か分からなかったがポッと小さく炎が燃えてそれが何なのか見えるようになった。

「蛇……？」

リンデランの顔の横にいたのはグルゼイの魔獣スティーカーであった。

真っ白な小さな蛇が開けた口の先に火を灯していた。

リンデランの頬に触れたのはスティーカーの舌であった。

無論、グルゼイがジケを見捨てるわけがなかった。

魔力を感知する方向を限定して集中し崩れた木材の中を探った。

流石に物が多すぎて状態までは分からなかったが人がいることは分かっていた。

中の状況を確認するためにスティーカーを送り込み、サードアイの魔法で視界を共有していた。

グルゼイは大婆と違いそうした魔法をあまり使わず得意ではないために集中する必要があり、返事ができなかったのである。

スティーカーはキョロキョロと周りを見渡し状況を主人に伝える。

スティーカーの目は熱感知器官になっており、普通の魔獣とは見え方が違うため状況を把握するのが難しい。

逆に暗くても見えるため細かくジケの方を見て状態の悪さを悟ったグルゼイの焦りが、スティーカーにも伝わってくる。

背中に何かが刺さり出血していて、体温がかなり低くなっていることが見て分かった。

そしてさらに確認していくと刺さる木片の根元に何かが見えた。

「フィオス？」

それだけ温度が違うので一瞬なんだか分からなかったが、不思議な丸い形に見覚えがあってピンときた。

木片の根元に巻き付いているのはフィオスだった。

フィオスなことは分かったが通常とは違う見え方をしているのでグルゼイには何をしているのかわからなかった。

二人以外の状況も確認する。

早くジケを助けなきゃいけないが二人がいる空間は絶妙なバランスで成り立っていて、下手に上から木をどかしていけば崩れてしまいそうに見える。

グルゼイにもなす術がない。

助けを呼びに行こうにもジケの状態は一刻を争い、助けを呼びに行って帰ってくるまでジケが持ちこたえられる保証がない。

「考えろ」

サードアイの魔法を解除してスティーカーはそのまま二人のそばに留め置く。

居場所や変化があればすぐに分かるようにしたいし、スティーカーの灯す小さな灯りでもないよりはマシだ。

今から人を呼んでもおそらく間に合わない。

中の状況を把握して適切な方法を考えて適切な魔法を使える人を呼んで、などとやっている時間はない。

無理をできるほど優秀な人間がいれば話も変わってくるがそんな人材何人もいない。

「待てよ……」

屋根を突き破ってきたパージヴェルのことがグルゼイの頭に浮かんだ。

グルゼイはパージヴェルを誰なのか知りもしないが圧倒的な魔力を感じた。

不可能を可能にする底知れぬ実力者なのは間違いがない。

「もう少し待ってろ！　絶対助けてやるから！」

こんな状況を招いた張本人に助けを請うのは癪（しゃく）に障るが仕方ない。

「いや、一度ぶん殴ってやる」

殴るくらいの権利はあるはずだ。

グルゼイはパージヴェルを呼びに走り出した。

探さずとも居場所の見当はついている。

魔力が非常に強く離れていてもおおよその方向が分かるほどである。

グルゼイがパージヴェルを見つけた時もう戦闘は終わっていて男は炎に包まれ、パージヴェルはそれをじっと見つめていた。

「おい」

「ぬっ？　お主は……」

パージヴェルが声をかけられて振り返えるとグルゼイはもう拳を振りかぶっていた。

男に殴られたのとは逆側、右の頬にグルゼイのストレートがモロに当たる。

容赦のない一撃にパージヴェルが転がっていく。

「ぐぅ……何を」

「立て、あんたの孫はまだ、生きているぞ」

「なん、だと！」

思わぬ言葉に殴られたことを忘れて立ち上がりグルゼイに詰め寄る。

グルゼイはパージヴェルの孫のことなんて知らない。

パージヴェルとリンデランどちらの名前も聞いていないし、リンデランに関しては見てもいない。

リンデランがパージヴェルの孫かもしれないとは推測はするがそんなことどうでもよい。

仮に違ったとしてもその時はその時でどうとでも言える。

孫がいなくなったことには同情はするが、知らないパージヴェルの孫よりも瀕死の弟子のほうが大切である。

「そうだ、かろうじてだがな」

「どういうことだ！」

「早くしないと手遅れになる、こっちだ」

案外丈夫そうなのでもう一発ぐらい殴っておけば良かったと思いながら崩壊現場に戻る。

「ここの……どこにリンが」

外はもうだいぶ暗くなっている。

パージヴェルが炎で照らすと惨状が明らかになる。天井と二階の床部分が崩壊して山となっていた。石造りの大きな暖炉も半分崩れて上に乗っていて、触れれば潰れてしまいそうなバランスになっている。

こんなところのどこに人がいるというのだ。

パージヴェルの顔が青くなる。

「この下だ」

「この下、とはまさか」

「そう、この崩れた木の山の下、少し空間があってそこにいる」

あんたのせいだ、という視線を顔の青くなったパージヴェルに向ける。

「早く助け出さなければ……」

「触るな！」

不用意に木をどけようとしたパージヴェルの肩を掴んで止める。

「よく見てみろ。下手に手を出すと崩れるぞ」

さらに手を出さなくてもそのうち崩れてしまいそうだ。

パージヴェルの瞳が動揺で揺れる。

孫のことになると判断能力がバカになる。

「俺の能力ではどうにもできないからあんたを呼んだんだ」

「本当にいるんだな？」

「こんな状況で嘘をつく必要もないだろう」

「ふむ………どこにいるかは分かるか」

「俺の魔獣がそばにいるので分かる」

「ではワシの魔法が届いたら教えてほしい」

顎ひげを撫でて考え込んだパージヴェルは何かを決心したように顔を上げた。

動揺した情けない目をしていた先ほどと違い、落ち着きを取り戻している。

「ファイアチェーン」

火で出来た十本の鎖を生み出す。

大きく一度息を吐き出して鎖をそれぞれ違うスキマに滑り込ませる。

山を崩さないように慎重に鎖を進めていく。

十本もの魔法を同時進行で、見えないところを動かすのは簡単ではない。

魔力が多くパワーがあることは間違いないと思っていたグルゼイだが、魔法のコントロールも相当なレベルにある。

実際パージヴェルは繊細なコントロールを得意とする方ではない。

大雑把で破壊的な魔法の使い方をしてきた。

今は孫であるリンデランのためにこれまでにないほど繊細に魔法を運用している。

玉のような汗がパージヴェルの額から流れ落ちる。

人生でも最高レベルにパージヴェルは集中している。

魔法の先に何かがあたると方向を変えて進められる先を探す。

十本もの魔法の鎖でそれを繰り返して進んでいく。

「……一本着いたぞ」

「分かった」

どれが着いたのか、あまり迷うことはなかった。

少し進んだだけであちこちにぶつかっていた鎖の一本が動かしてみてもぶつからない。

グルゼイの言葉も合わせて二人がいる空間とやらに着いたことが感覚的に理解できた。

他の鎖を消して一本に集中する。

どうするつもりなのかスティーカーの目を通じて観察する。

鎖は空間を探るようにゆっくりと動き、ジケやリンデランも鎖で触れてどこにいるのか把握する。

炎で出来た鎖だがしっかりとコントロールされていて人に害のある熱さはない。

グルゼイはヤキモキするがパージヴェルはここばかりは雑にやることはできないと丁寧に周りを調べた。

「シャクエンタイテイ」

パージヴェルが魔獣を呼ぶ。

火を得意とするパージヴェルの魔獣らしく赤い毛を持つパージヴェルよりも大きな猿(さる)が現れる。

「ファイアチェーン」

さらに二本の炎の鎖を送り込む。

一度通った道だから慎重さも保ちつつ素早く鎖を送りこむ。

計三本の鎖が二人の元に送り込まれた。

パージヴェルはリンデランとジケを炎の鎖でグルグル巻きに包み込む。

隙間なく何重にも鎖を巻きつけ一つの炎の塊のようにする。

ジケに刺さった木は鎖が途中で焼き切って中に収めてしまった。

「準備は良いか、シャクエンタイテイ」

「……スティーカー戻れ！」

グルゼイが重たく感じるほどの魔力をシャクエンタイテイは溜めている。

戦闘中にこれほどの魔力を使った攻撃をされたら防ぎきる自信が持てない。

危険な予感がしてスティーカーを慌てて戻す。

「いくぞ……消し飛ばせ！」

「ウキ」

シャクエンタイテイが手を床につく。

魔力がほとばしり、眩い炎にグルゼイは腕で顔を覆って横に背ける。

暗い空に輝くように燃え上がる炎の柱が立ち昇った。

屋根よりも高く屋敷の幅もある巨大な火炎柱が全てを燃やし尽くしていく。

数秒続いたパージヴェルの魔法は木の山どころか廃墟の半分を燃やし飛ばした。

スティーカーを戻さなければ魔法に巻き込まれて死んでしまっていた。

焦げくさい臭いが充満して地面が真っ黒になっている。

真ん中に炎の鎖の塊だけが無事に残っていた。

化け物じみたやり方にグルゼイも言葉が出ない。

「リーン！」

パージヴェルが魔法を解いて二人に近づく。

「リ、リン……？」

煤だらけで真っ黒な姿のリンデラン。

魔法にどこか穴があって炎が入り込んで大切な孫娘を燃やしてしまったのかもしれないとパージヴェルは思った。

「おじい……様？」

「リン……リン！」

もちろんリンデランはパージヴェルの魔法で燃えて真っ黒になったのではない。

煤を塗りたくったために真っ黒になっているのだが経緯を知らないパージヴェルからすれば原因が自分にあると勘違いしてもおかしくない。

弱弱しい声だが確かに孫のリンデランの声であるし生きている。

リンデランが生きていてパージヴェルは安心して、リンデランがパージヴェルの孫でグルゼイは少し安心した。

パージヴェルからぶわっと涙があふれだす。

「おじい様、お願いがあります。この人を、ジケさんを助けてください」

「ジケ？　この上に乗っている男か？」

「はい、私を助けようとして、こんなことに……」

リンデランの上に倒れるジケを見ると背中に木片が刺さって呼吸が弱々しい。

刺さった木片の傷口周りにはなぜなのかスライムがまとわりついていた。

パージヴェルは繊細さに欠けて多少抜けたところのある男だが馬鹿ではない。

崩落がなぜ起きて誰に原因があるのか瞬時に理解した。

つまりジケがどうしてこうなったのか瞬時に察し、自分の立場が危ういことに気づいた。

ジケの顔色は相当悪い。

すぐにでも治療を始めないと助からない。

「伯爵様～！」

しかしパージヴェルには治療する魔法は扱えない。

頭の中で方法をグルグルと巡らせているとパージヴェルにとって聞き馴染みのある声が聞こえてきた。

声の方を向くとパージヴェルの秘書を務めるヘレンゼールが走って来ていた。

その後ろには家に所属する騎士達と都市を守る兵士達をぞろぞろと引き連れている。

「はぁ……伯爵様、ご無事ですか？　ご無事そう……ですが………また何かしましたね」

ヘレンゼールを始めとしてみんな息を切らしている。

全力で走ってきたのは伯爵であるパージヴェルが心配なのではなく、パージヴェルが何かをするのが心配だったからである。

問題を起こす前にと思ったのだけど空に上がる巨大な火炎柱を見て遅かったと思っていた。

最低でも巨大な火炎柱を出すほどの出来事があったのなら、恐ろしい敵の存在や周辺への影響など何か問題が生じていることが予想できた。

来てみると半壊した建物に賠償金の文字が頭をよぎるが、まずは状況確認が優先である。

周りを見る限りどうやら止めるまでもなく事は片付いていることは窺えた。

「ヘレンゼール!」

「は、はい!」

「治療魔法を使える者はいるか」

「はい。メホル、前へ出ろ!」

「はっ!」

「こちらの少年の治療を頼む」

ヘレンゼールが連れてきたのは伯爵家が誇る騎士団である。

当然ながら治療を行える者がいる。

いつになく真剣な顔をして肩を掴まれてヘレンゼールは考えていた小言を全て捨てて姿勢を正す。

他の騎士と違い、剣ではなく杖を持った若い男性騎士が前に出る。

ジケはリンデランから下ろして地面に寝かされている。

メホルはパージヴェルの迫力に硬くなりながら膝をついてジケの容態を確認する。

まずは軽い治療魔法をかけて反応をみる。

メホルが眉をひそめる。

立ち上がりパージヴェルに向かって首を振る。

「伯爵様、申し訳ございません。私では治療できません」

「何だと？」

「非常に身体の状態が悪く上級の治療魔法と大きな魔力がなければ治療できません」

「メホルが治療できなきゃ誰が治療できるというんだ」

「この国でしたら大神殿の司祭長や大司教、神官長クラスでないと難しいと思います」

「大神殿……」

「しかし今から人を呼ぶにしても運ぶにしても……」

間に合わないと思います。

メホルは言葉を飲み込んだ。

大神殿は街の中心部に近く、外れにあるここからは距離が近いとは言えない。

ジケの容態は非常に悪い。

身体に受けたダメージが大きく出血が多すぎる。

魔力で補助しながら全身を治さなければいけず、中級治療魔法までしか扱えないメホルでは治療中に死に至る可能性の方が大きい。

リンデランの心配そうな視線を受けて尋常じゃない殺気を放つパージヴェルに、メホルは最後まで告げられない。

「大神殿に連れていけば治せるのだな」

「そうはなりますが」

「少年、もう少し耐えろ」

廃墟を崩壊させてジケに致命的な怪我をさせた責任と仮にジケを助けられなかったら大切な孫娘に嫌われるという確信めいた予感がパージヴェルを動かす。

パージヴェルはジケを右手で肩に抱え、リンデランを左手で抱き、全力で駆けた。

火を纏い空を飛ぶように駆け抜ける様子は街の人々に目撃され、後に魔物襲来や敵国の破壊工作なんて噂を呼んだ。

残されたヘレンゼール達は状況が分からなかったが、グルゼイの説明を受けてやっと事の次第を理解した。

弟子の様子も気になるが走って大神殿まで向かっても結果は出た後になる。

それにまだ子供が捕らえられているかもしれず命の危険もある。

放っておくこともできないし、弟子が命を賭して助けに来たのだから最後まで責任を持つことも師匠としての役割だと残って事態の収拾に当たることにした。

今すぐにでもジケのところに向かいたいが結果によっては大神殿を血で染めることになってしま

いそうでもあったから落ち着かねばならない。

少し遅れてようやく事件の調査のため、兵士達が来たのでグルゼイは後を任せて大神殿に向かった。

大神殿にて

突然の訪問は驚くことではない。

上の貴族になると、ある程度自分で治療ができる者を抱えていたり親しかったり、貴族の体面なんてものを重視するので指を切ったぐらいで訪問することもない。

ちゃんとした貴族なら重たい病気の時にちゃんと前もって予約を入れて訪問するか家に呼びつけるのでいきなり訪問することは少ない。

けれども子供が熱を出した、指を切ったとか猫が怪我をしたとか大体は愚かな貴族か小さい子供がいきなり訪ねてくることはある。

ましてや多少権力を持ち始めた貴族となれば、傲慢な態度で治療しろと来ることもたまにある。

しかし勘違い貴族だって神殿の入り口に飛んできて神官長を出せなどと命じることは滅多にない。

アルファサスはちょうど一日の務めを終えて眠りにつくところだった。

能力が認められて神官長になったはいいものの煩わしい仕事が増えて内心嫌気がさしていた。

くだらない仕事も何とか片付けてベッドに横になっていた時だった。

轟音が聞こえ、それから間も無く神官がアルファサスを呼びにきた。

ヘギウス家の家長が来たらしく、しかも自分を呼んでいるとのことでアルファサスは準備する時間もなくパージヴェルの元に向かった。

文句の一つでも言ってやるつもりだったが、一目見てパージヴェルが連れてきた者が重体であることがわかった。

本来なら断る時間帯だがヘギウス家はアルファサスが信仰する教派の支援者、さらにアルファサスはそれなりの正義感も備えていた。

さらにはどう見ても緊急事態で教会がこの状態の患者を見捨ててはいけない。

金払いについては伯爵家なら考えなくてもいいこともあった。

アルファサスは素早く指示を飛ばしてジケとリンデランを治療室のベッドに寝かせ容態を細かく確認する。

思わずパージヴェルに詰め寄りそうになる気持ちを抑える。

背中に木片が突き刺さるぐらいならなくはない。

子供が運ばれてくることはその中でも稀になるけれど、木こりの両親を手伝ってとか入っちゃいけない所に入ってとかアルファサス自体も過去に一度そんな子供を診たことがある。

ただしジケはそれだけではない。

魔法を受けた痕跡がある。

闇属性の魔法がジケの身体を蝕(むしば)んでいる。

闇属性の魔法は十分な抵抗力があれば脅威度が低く火属性の火傷の方が厄介になる。

けれどダメージを受けたり弱っていたりすれば闇属性の脅威度は大きく跳ね上がる。

他の魔法よりも内臓がダメージを受け壊死(えし)が始まるのが早い。

子供のジケでは抵抗力も低く、身体に相当なダメージを受けている。

顔の内出血部分は壊死し始めているし、内臓も衝撃だけでなく闇属性による侵食を受けている。

非常にまずい状態である。

何をしたらこんなことになるのか。

パージヴェルが原因なのは分かっているが、子供がこんな状態になるなんて何をしたのだとアルファサスは問い詰めたくなっていた。

「神官長、お呼びですか」

「うん、すまないが説明している時間がない。私の部屋の机にある白い箱を持ってきてくれ」

「はい、分かりまし……た」

寝ぼけた目を擦りながら入ってきた少女はベッドの上にいるジケを見て一気に眠気が覚めた。

偶然にもそこにいたのは治療魔法の訓練のために大神殿に派遣されていたエニであった。

「ジケ……ジケじゃない！」

「知り合いか？」

しばらく会っておらず今にも息絶えてしまいそうなほど顔色が悪くても、長いこと一緒に暮らしてきた友人の顔を忘れはしない。

エニが駆け寄ってもジケは弱々しく浅い呼吸を繰り返すだけで目も開けない。

素人目にも分かるひどい状態にエニは言葉を失った。

「……そうです……私の親友です」

「だとしたら早く箱を取ってくるんだ。彼の容態は一分一秒を争う」

「は、はい！」

そばにいたい想いにかられるが、魔法を習いたてのエニにできることは雑用ぐらいなもの。

「では治療を始めましょう。マビソン、君がこちらのお嬢さんを担当しなさい」

アルファサスは自分の部下である高位神官に指示を出してリンデランを任せると、自分はジケを担当する。

うつ伏せのジケの背中に手をかざし集中する。

「偉大なる神の慈悲をもってこの者の身体を治したまえ、キュアトトリート」

淡いグリーンの光が広がりジケを包み込む。

細かい傷が塞がり始め背中に刺さった木が治っていく肉体に押されて少しずつ抜けてくる。

慎重に負担をかけないようにゆっくりと治療していく。

エニが箱を持って戻ってきてもまだジケの治療は終わっていなかった。

アルファサスの集中を乱せないのでジケに近づくこともできずもどかしい気持ちが募る。

その間にリンデランの治療が終わり、部屋から連れていかれる。

リンデランの方は木の根っこに殴られて骨にヒビが入っていただけで魔法にやられたわけでもない。

誘拐されて水すらなくて体力が落ちていたので、そうしたダメージでも重症化したが適切に治療を施せば治すことも難しくない。

「エニ、いますか?」

「神官長、ここにいます」

「箱の中から赤い液体が入った瓶を出してください」

「分かりました」

エニは箱の中からアルファサスの言う通り赤い液体が入った瓶を取り出して、蝋で密閉された蓋を開けてアルファサスに渡す。

アルファサスはそれを飲み干してまた治療に専念する。

赤い液体は魔力回復のポーションで治療薬として使うことも、またこうして治療の際に魔力を回復する時にも使う。

「これはいったい何でしょうか」

ポーションの効果が現れて魔力が回復するまでの間に木片の傷を確認する。

正確には木片の刺さっているところに引っ付いているフィオスを見た。

なぜそんなところにまとわりついているのか。

邪魔になるものでもないしポーションのおかげで魔力も回復したので治療を再開する。

エニからすると気が遠くなるほどゆっくり背中の傷が治っていき血に濡れた木片の先が出てくる。

意外と深く刺さっていた木片が出てくるまでにアルファサスも予想外の時間がかかっていた。

先に治療を終えたリンデランが身を清めて様子を見にきた。

「ふぅ……エニ、箱を」

抜けた木片が床に落ちてカランと音を立て、ジケを包んでいた淡い光が収まってアルファサスは大きく息を吐いた。

アルファサスは箱の中から小さい箱を取り出した。

開けるとその中には針と糸が入っている。

「なるほど、ようやくわかったよ」

アルファサスはフィオスが何をしていたのかようやく理解した。

傷口を押さえていた。

木片が動かないように固定して傷口を押さえて出血が少なくなるようにしていたのだ。

ジケの命を長らえさせるのにフィオスの謎の知恵が一役買っていたようである。

「いや……そんなはずはないな。まあどちらでもいい。少し退けてくれるかな？」

スライムは知能がない魔物だ。

そのような高度なことをするはずがないとアルファサスは頭を振って思考を切り替える。

まだ治療は終わりではない。

アルファサスが声をかけるとフィオスはジケの傷口から退いた。

けれどジケの背中からは降りないで傷の側にいた。

まるで見守っているみたいだとアルファサスは思った。

傷口を針と糸で縫い付ける。

そして次にアルファサスは箱の中から細長い箱を取り出すとその中から一本の針を選んだ。

手のひらほどの長さがあり、中が空洞になっている針をジケの背中に突き刺した。

エニは思わず何でまた傷つけるんだ！　と声に出しそうになるがグッと堪える。

「キュア」

今度は先ほどよりも低いレベルの治療魔法を唱えると針の中を伝って血が上ってきて横に控える神官の持つタライの中に垂れる。

ジケの中に残った闇属性の影響を受けたややドス黒い血をジケの体から抜いていく。

こちらの作業は程なくして終わり、最後にもう一度身体を調べて治療は終わった。

「し、神官長、ジケは」

「治療は無事終わりました。あとは本人次第です」

「どういうことですか？」

「怪我が治っても失われた体力と血液は戻ってきません。むしろ怪我を治すのにさらに体力を消費したのでここから回復出来るかは本人の気力次第という事です」

怪我が治癒したとしても体力が付いてこなくては亡くなってしまうこともあり得る。

むしろジケは子供の身でダメージを負い過ぎた、血液を失い過ぎた。

峠を越えられない可能性も大きいと言わざるを得ない。

治療も何も万能なものではない。

ケガを治すのにもある程度本人が治療に耐えられなきゃいけないのだ。

背中の傷を治さずに縫ったのも少しでも体力を残そうとしたためである。

大きな傷ほど治すのにも体力を要する。

傷口の完全治療よりも今は少しでも体力を残して状態を安定させることの方が優先されるべきであるとアルファサスは判断した。

持ち直して峠を越えられればいくらでもケガなど治せる。

「あの！　何か私に、ジケさんにしてあげられることはありますか？」

ベッドごと運ばれるジケを横目にリンデランがアルファサスに声をかけた。

「うん？　出来ることは見守ることぐらい、強いて言うなら熱が出たら風邪の時のようにおでこに濡れた布でも乗っけて冷やしてあげるぐらいかな。体力の問題があるから体の中まで全てを治したわけじゃない。だから熱ぐらいは出るかもしれないかな」

「分かりました。それと治療ありがとうございました」

「何事もなくて良かったです。お嬢様も怪我人でしたのでお休みください」

「私は大丈夫ですのでジケさんをよろしくお願いします」

「すいません、あなたはいったい誰ですか？」

頭を下げるリンデランにエニが近づく。

ジケをやたらと気にしているリンデランのことがどうしても気になってしまった。

「えっと、私はリンデラン・アーシェント・ヘギウスと申します」

リンデランが服の端をつまみあげ優雅にお辞儀をする。

貴族のお嬢様なのは所作一つ一つから簡単に分かるのだが、そんな貴族のお嬢様がどうしてジケの心配をしているのかエニは引っかかった。

「ジケとはどういったご関係で？」

「ジケさん、ですか？　……ジケさんはその、大切な命の恩人……です」

「……大切な、命の恩人？」

ただの命の恩人ではなく大切なとはなんだ。

なんで今顔を赤くしたのかと聞きたい気持ちを抑えて無難な質問をぶつける。

本来なら止めなきゃいけない立場のアルファサスだが自分も何が起きてこんなことになったのか事情が気になるし、エニのただならぬ雰囲気を感じて面白そうだと思った。

「その、ジケさんは私の命を助けてくれて。だからお礼がしたくて」

「ふぅーん？　でもジケのお世話は別にあなたがやらなくても私がやるから大丈夫よ」

「で、でも受けたご恩は返さなきゃいけません！」

「ちゃんと治った後にお礼でも言えばいいでしょ？」

「むぅ！　あなたこそなんなんですか！」

ケガしている男は意外とモテていることが多い。

神官として人を治すことに多く携わってきたアルファサスはぼんやりと考え事をしていた。

ケガが多くて運ばれてくることが多い人は同時に女性にモテていることも多かった。

モテることとケガの関連性など調べたこともないので実際のところは知らないが、過酷な戦いに身を置いて諦めず戦う男ほど女性が惹かれる傾向にあるような気がした。

まだ子供だがあんな状態になる程、命を賭したに違いない。

純粋無垢な貴族のお嬢様なら惚れてもおかしくはないなと冷静にアルファサスはエニとリンデランを見ていた。

まだ野次馬していたい気分ではあったが寝ている途中で起こされたアルファサスは眠くなってきたので、そのまま二人を放置して寝室に帰った。

最後まで見られないのは残念だが眠いのはしょうがない。

せっかくいいポジションにもつけたのに自分は女性の影もない。

暇を持て余した高齢の貴族女性が迫ってくるぐらいで出会いもない。

世の中理不尽であるなとため息をついてベッドに潜り込んだのであった。

◇

誘拐失踪事件は徹底的に調査された。

リンデランという貴族も関わっていたのだから、ヘギウス家が圧力をかけるまでもなく全力で調査に当たったのだ。

調査によって屋敷は徹底的に調べられて、ジケ達が捕らえられていた地下室とはまた別に隠された地下室も見つかった。

ジケ達がいたのは地下に作られた牢屋だったのに対して、新たに見つかった方は完全に部屋として作られていた。

いわゆる隠し部屋というもので、この館を持っていた貴族は一体何者なんだとそれを聞いてジケは疑問に思った。

近々まで人が生活していた痕跡があって、男はこの隠し部屋でひっそりと暮らしていたことが窺えた。

床に空いた穴もあったことからトレントの魔獣を連れた男が住んでいたことは間違いない。

隠し部屋には食料品や生活に必要な道具の他にいくつもの子供サイズの服や遺品と思われる品物が隅に打ち捨てられていた。

遺品のうち個人を特定出来るものは非常に少なく、遺体もないために身元が特定出来そうな物があったわずか数名以外の被害者の捜索や身元の特定は打ち切りとなった。

だが貧民はともかく平民の子の方で発生していた失踪はこちらが原因なのではないかと見られた。

男の方はと言えばこちらも手詰まりだった。

まず男の死体は無くなっていたのだ。

正確に言えば男の死体があったとされる場所には黒い結晶が残っていて燃え残っているはずの死体は見当たらなかったのである。

グルゼイやパージヴェルも聴取されたが当然男に見覚えもなかった。

リンデランが誘拐されたのもリンデランを狙っていたのではなく、知り合いに連れられて平民街に遊びに来ていたところ、一瞬の隙を突かれて連れ去られてしまったらしかった。

あまり平民街や貧民街では見ない強い魔力を持った子供だったので誘拐されたようだ。

なので、リンデラン方面の知り合いでもない。

隠し部屋に残されたものにも名前や身分を示すものは何もなかった。

唯一魔獣の名前がモルファというトレントであったことは分かっているが、それだけでは捜すことは難しい。

一応リストを当たってみたが、モルファというトレントを魔獣にしている人は見つけられなかった。

そうしたことから男が何者だったのかもわからず追跡が出来ないということになった。

この国の人間でないことも可能性としてあるため特定はどの道難しかった。

廃墟は犯罪者に誘拐目的で使われ、その上半壊していて、危険極まりないということで取り壊しが決定した。

経緯は違うだろうがこのように犯罪に使われたことが分かったから取り壊しになって、記憶にな かったのだなとジケは納得した。

持ち主が分からず誰が壊すのかという話は、ヘギウス家が責任を持って取り壊すと手を挙げた。

パージヴェルが半壊させたのだ、何か言われる前に慈善活動のフリでもしてしっかりと処分してしまった方が後々楽であるという思惑であった。

事件の内容についておおよその事情は一般には伏せられた。

街中で子供を誘拐されていたなんて面目も立たない話であるし、民衆の不安を煽ることはできないとの判断だ。

パージヴェルがド派手なことをやらかしてくれたが他に目撃者もいなかったので原因不明の爆発事故という納得も難しいごまかしで押し切った。

貧民街で起きた事件だし事件の捜査にあたる兵士達も詳細な事情を知らず、関係者はパージヴェルという高位の貴族なので疑問を酒場で口にしてもそれ以上何かをすることはできなかった。

つまり肝心なことは何も明らかにはならなかったのだ。

ただ何も分からなかったのかと言えばそうではない。

隠し部屋には一枚の布が広げて壁に吊られていた。

その布は黒地に赤で目を引く紋章が描かれていた。

見る人が見れば分かるそれは魔神崇拝者の紋章。

悪魔の王のことを魔神と呼ぶ。

魔神を中心とする悪魔グループは人類の征服を目論んでいるとされ、人類の中にも魔神の考えに賛同を示す者もいる。

そうした人たちのことを魔神崇拝者と呼ぶのである。

魔神崇拝者が起こす行動は理解し難く常軌を逸脱した行動も多い。

男が魔神崇拝者だと分かった以上は男の行動も魔神崇拝者がゆえのものだと考えられた。

その後に魔神崇拝者が絡むということで国の詳細な調査も入ったのだが、結局事件の真相は解明されず一人の魔神崇拝者による誘拐殺人事件ということで結論付けられた。

なんとなく納得はいかないがこれ以上の調査も続けられず、この出来事は決着を迎えた。

「こんなところになります」

「わざわざありがとうございます、ヘレンゼールさん」

大神殿の病室でジケは事件の顛末を聞いていた。

これはジケからパージヴェルに頼んだことだが、代わりにヘレンゼールが病室まで来て話してくれた。

生死の境をさまよったジケは目覚めるまでに五日の日数を要した。

目覚めてしばらくは身体が重く気分が優れなかった。

そこから二日、ようやくまともに話せるまでに回復した。

目覚めた時エニがベッド横にいて何をしていたのかとひどく怒られた。

ジケだってこんな大事になるとは夢にも思っていなかった。

再びエニに泣かれてしまったが、なんせ起きたばかりであったので何もすることができず罵倒してエニは病室を出ていってしまった。

その後リンデランとパージヴェルが来て、リンデランが甲斐甲斐しくジケの世話を焼きパージヴェルが鬼のような顔でそれを見守っていたり、パージヴェルが一人戻ってきてジケに謝罪したりしたこともあった。

天井や床の崩落の原因がパージヴェルにあると正直に打ち明けて、リンデランには言わないように頭を下げてきた。

ジケは絶体絶命な状況だったが致命的な怪我を負う原因が、パージヴェルと聞いて怒りを通り越して呆れてしまった。

孫娘であるリンデランの命を救ってくれた相手を殺しかけたとあってはパージヴェルもジケに頭が上がらない。

後々また話を聞きに来ると言ってパージヴェルは足早に去っていった。

「事情は聞いたぞ」

お見舞いに来てくれた人の中にはオランゼもいた。

どうやらどこかでジケの話を聞いたようで安めのお菓子を持ってお見舞いに来てくれたのだ。

「仕事に穴あけちゃってすいません……」

「いいさ、生死を彷徨(さまよ)うほどのケガだったのだろう？　メドワも最初は怒っちゃいたがひどい状態じゃ仕方がないからな。それに君のおかげでまた利益も上げられたし苦情も減った」

長いこと入院してしまうことになり仕事について心配していたがオランゼは怒ってもいなかった。

「むしろいいタイミングだった。君の代わりに他の者で仕事ができるか試してみたが問題もなかった。貴族たちは君が完璧に仕事をするから監視して苦情をつけることを諦めたようで、他の者が代わりにやっても気づいていないようだ」

ほくそ笑むオランゼ。

散々苦情をつけていた貴族はジケの投入によって文句のつけようがなくなった。

浅い思惑も失敗に終わって、今では普通の清掃をしても気づかないぐらいであった。

「次に休むときは事前に言ってくれ。こちらは常に余裕を持って回しているから」

「ありがとうございます」

「なに、君にはお世話になっているからな」

ただしメドワには何か買って、詫びでもいれておいた方がいいとオランゼは言い残して帰っていった。

最後にグルゼイもジケを見舞いに来た。

何を言われるか身構えていたジケにかけた言葉は無事でよかったの一言だった。

「……あまり無茶なことはするものではない」

長いこと無言でイスに腰掛けていたグルゼイがようやく口を開いた。

「申し訳ありません、師匠」

「まだまだお前には教え始めたばかりだ。先に死ぬことなど許されないのだぞ」

「……はい」

冷たくも聞こえる言い方だが決してグルゼイはジケを諫めたいのではない。

過去でもグルゼイは割と遠回しに言葉を伝えることを好んだ。

その時の経験からすると心配したぞ、死ななくてよかったぐらいに捉えていいのかもしれない。

「オランゼさんのところに行ったんですか?」

「……まあ、勘違いだったがな」

オランゼが事情を知っていた理由はグルゼイだった。

まさかグルゼイがオランゼのところに行くとは思わなかったけれど、それだけ心配してくれたのだと思うと嬉しくもある。

「ありがとうございます。助かりました」

「当然のことをしたまでだ。教えることはたくさんある。早く元気になるんだぞ」

事件で無茶はしたが強い正義感や諦めない心があることは分かった。

行いそのものは間違っていない。

「ひとまず体を休めろ。あのパージヴェルとかいうのは俺が殴っておいたしな」

わずかに微笑んでグルゼイは病室を後にした。

「……何はともあれ死ななくてよかった〜」

色んな人がお見舞いに来てくれて嬉しさもあるけど気疲れもしてベッドに倒れ込む。

せっかく若返ったのに早くも二度目の生を終えるところだった。

ジケは正義感に溢れているわけでも過分な願望を持っているわけでもない。

少し、前よりも少しでいいから明るく、楽しく、お金のある生活が出来ればいい。

たとえそばにいなくても自分の友人がどこかで笑って暮らせていたらそれでいい。

自分はフィオスとのんびり暮らせればいい。

そんなのんびり計画を思い描いていたのに危ないところだった。

本当に死ななくてよかった。

「聞いたぞフィオス。お前もなんかやってくれたんだってな」

寝転がったジケの胸の上に乗っているフィオスに目を向ける。

アルファサスからフィオスの不思議な行動について聞いていた。

ジケに木片が刺さって気を失っている時、まるで傷口を圧迫して出血を押さえようとしていたみたいだったと言っていた。

ジケが命令したのではない。

なんでそんなことをしたのかジケにも分からない。

ジケはそっとフィオスを持ち上げた。

手に合わせて形を変えるフィオスに窓から差し込む光が当たっていつもより透き通って見える。

「フィオス、お前ともっと仲良くなりたいな」

そしてもっとフィオスのことを知りたい。

過去に出来なかったことは沢山ある。

きっとこれからも出来ないことが多くあることは分かっている。

でも過去を反省し、いろいろ知っている今なら出来ることも沢山あるのだ。

「お前となら色々できると思うんだ」

一人で出来ることは少ないけどフィオスと一緒ならきっと出来ることはちょっと増える。

牢屋から出るのだってフィオスがいなきゃ出来なかった。

何も出来ない魔物だと言う人も多いがジケは知っている。

スライムには無限の可能性があることを。

スライムこそが可能性を秘めた最強の魔物であるかもしれないことを。

「……いや、それは言い過ぎかな？」

流石に最強は無理かもしれないけど能力をしっかりと分析してみれば応用できることがある。

少なくとも最弱の使えない魔物ではない。

フィオスの能力が既存の枠にとらわれないことを今はジケが分かっていればいい。

そのうちに他の人も知ることになる。

「……どうした？」

なんだかフィオスが震えている。

いつもの嬉しい時の震え方とは少し違う。

「わっぷ！」

チュルリと手をすり抜けてフィオスがジケの顔に落ちる。

「なんだよ？」

ジケの胸の上でフィオスが飛び跳ねる。

「怒ってんのか？」

あんまり感じたことのない感情が伝わってくる。

最強なのは言いすぎたと言ったことに対してフィオスが抗議していた。

「悪かったよ。お前は最強だ。こんなに賢くて色々できて、俺のことを信じてくれる。……最高の相棒だよ」

ギュッとフィオスを抱き寄せると今度は喜びで震える。

機嫌を直してくれたみたいだ。

最高で最強の相棒とやることはたくさんあるけれどまずは身体の回復が先だ。

枕をよけてジケに最強だと言ってもらえて喜びに震えるフィオスを頭の下に敷く。

柔らかな感触に包まれてフィオスが頭の形に潰れる。

今日のフィオスはいつもより冷たい感じがして、興奮気味に考え事をする頭を冷やしてくれているようだった。

書き下ろし番外編

名スカウトジケ

教会で神官が祈りを捧げるように、朝早くからジケのお勤めは始まる。

大きめの濃紺のクロークに身を包んでその中にフィオスを隠すように抱えて貴族街に向かう。

日が昇る前の空気はひんやりとしているが眠気が覚めてちょうどいい。

何ヶ所かゴミ置き場を巡ってフィオスにゴミを食べてもらう。

今日はハズレの日で見つかる金属類はスプーン一本だけだった。

フィオスの中でゴミが溶けていってその中に金属が残る。

たまにそれがお金であることもある。

ちょっとした楽しみだったりするが今日は全く金属類がなかった。

「おぃーす」

「おはよう」

そして小うるさくオランゼに文句をつけてくる貴族がいる近くの集積所までやってきた。

ここがラストの集積所である。

そこにいたのは黒い執事服に身を包んだ若い男性。

ジケを見つけるとやる気もなさそうに手をヒラヒラと振って挨拶する。

この人はボーダン。

例の小うるさい貴族に雇われている使用人であった。

「朝からご苦労様だねぇ」

「そっちこそ」

「そうだね～早起きが習慣になりそうだよ」

なんで小うるさい貴族の使用人がこんなところにいるかというと粗探しのためであった。

小うるさい貴族はゴミの収集日になるたびに粗を探してオランゼに文句をつけていたのだけど、お高く止まった貴族様が朝早く起きてゴミの監視などやるはずがない。

やるのは貴族様ご本人ではなく使用人だ。

ボーダンは朝早く起きてゴミの監視をさせられている。

落ちて残されたものや作業が遅い、臭いがするなんて少しでも苦情に出来そうなことを探してこいと命令されていた。

しかしゴミ収集の作業をしている他の人ならともかくジケの作業には文句のつけようもない。

何でもいいから見つけろと言われて、毎回ボーダンが作業を見ていたのだけどある時ふと挨拶でもしてみた。

そこから少しずつ話すようになって、今では割と普通に挨拶を交わしてフィオスの作業中軽く駄弁るのが習慣にもなっている。

ボーダンももう文句をつけられるところなんてないのは分かっているから作業の確認もしない。

貴族は小うるさいがボーダンは結構緩めの人で朝にゴミを見てこいなんていう雇い主の文句をぶつくさと言ったりしていた。

「いいよな～」

「何が？」

「お前んとこの商会。こんだけ文句言われても怒りゃしないんだろ？　こっちの貴族様は少しだらけただけでもブチギレて給料減らすって脅しかけてくるんだよ」

「転職しないのか？」

「どこにだよ？　学もねえし魔力もねえ。ようやく雇ってもらえたと思ったら貴族の奴隷みたいなもんだ。給料も安いし直ぐにクビにすることチラつかせるクソ野郎だけど生きてくためにはしょうがない……」


ケチな貴族が使用人をどんな扱いしているかなんて言われずともわかる。

どんな世界でもケチで短気な人に雇われると受ける待遇に差なんてないのだ。

ボーダンは平民出だが平民の中でも貧民に近い方の貧しい家の出身であった。

そのために勉強をしたことがなく、剣なんかも学んだこともない。

比較的体格も貧相で力仕事にも向かず、ようやく就けたのがこの貴族の使用人の職だった。

なぜこの職に就けたのかはお察しの事情だがボーダンには他に行くところもなく、使用人の仕事にしがみつくしかなかった。

「アイツら俺のこと人とも思っちゃいねーけど、こっちだってアイツらのこと貴族様だなんて思ってやんねーよ」

「大変だな」

「にしたってすげえよな。スライムってのはあんなことできんのか」

「すごいでしょ？」

次々と無くなっていくゴミを見ながらボーダンは感心していた。

スライムに何ができるか知りはしないがこんな活用法があるなんて驚きである。

おかげで貴族様がイラついているけどボーダンにはどうしようもない。

「ボーダンの魔獣は？」

「んあ？　俺の魔獣はカエルだよ、カエル。特に魔力をくれるわけでもないし毒もないただのカエルさ」

「カエル……？」

「そ、カエル。顔は可愛いんだけど特に何もできるわけじゃなくてな……」

「ちょっと見せてくれない？」

「カエルをか？　いいけど……」

ボーダンは自分の魔獣を呼び出す。

子供のジケぐらいはありそうな大きなカエルが呼び出された。

結構愛嬌のある顔をしていて、なんかフィオスのことをジッと見つめていた。

「……なあ、転職してみないか？」

「だから……」

「俺が紹介してやるよ」

「どこにさ？」

「俺が働いている商会に」

「えっ、マジで？」

「マジで」

「それなら嬉しいけど何でいきなり？」

「カエルだよ」

ジケはそっとカエルの背中を触る。

指先にカエルの体から出る粘膜がついている。

「今日このまま時間あるか？」

「あー、大丈夫。どうせ屋敷の仕事は俺がいなくたって変わりゃしない」

ジケはゴミ処理を終えるとそのままボーダンをオランゼのところまで連れていく。

「オランゼさーん、お疲れ様です」

「いつも通り一番乗りだな……誰だその人？」

問題があった場合オランゼが出て行って処理せねばならないので商会でオランゼも待機している。

連れてこられたボーダンを見てオランゼは不思議そうに眉を寄せた。

「こちらはボーダンです」

「あっと、よろしくお願いします……」

「探してたあの技術に必要な人です」

「なんだと？　本当なのか？」

「はい」

「ええと、俺はよく理解できないんですけど……」

ジケが先日商人ギルドで行った特許契約。

技術をギルドに保護してもらうことが目的なのだが、オランゼのためにオランゼが利用できる契約を結んだ。

だが問題が一つあった。

ジケが保護してもらった技術はどれも特定の魔獣が必要な技術なのであった。

肝心の魔獣がいないことにはただのアイデアであって利用もできない。

なので、技術のための魔獣を探していた。

簡単に見つかるかなと軽く考えていたが、意外と探してみるとその魔獣が見つからなかった。

探していた魔獣は、何とカエルだった。

それも特定の種類で、ボーダンの魔獣はドンピシャであった。

「ということで、ボーダンをこの商会で雇ってほしいんです」

「ここで働いてくれるというならもちろん雇おう」

「何をするかはおいおい試しながらで」

「普段は普通に商会の仕事を手伝ってもらおう」

「普段の仕事ってゴミ捨て？」

「そうだ」

「俺でもいいんですか？」

「もちろんだ。それ以外に魔獣の方もやってもらうがちゃんと給料も出そう」

気変わりする前に囲い込んでしまおうとオランゼはさっさと話を進める。

仕事の説明や給料の話などをしてボーダンも納得の上で契約が交わされることになった。

「あっ、もう全然クソ貴族より良い」

契約書を取り交わしてボーダンはニンマリ顔だった。

休みもしっかりあるし条件は貴族よりも良い。

子供の従業員が連れてきた人を雇うなんて普通はできない。

ボーダンはオランゼの懐の深さを感じていた。

「ジケ……いや、ジケさん！　ありがとうございます！」

ボーダンはジケに深々と頭を下げた。

「別にさん付けじゃなくても」

「仕事じゃ先輩ですからね！　それに……恩人ですから」

「よくもまあ見つけてくるものだな。私が探しても見つけられなかったのに」

「ジケさんは人を見る目があるんですよ！」

「そうかもしれないな」

「ちょ……なんか恥ずかしい！」

なんだか耳が熱い。

急にボーダンとオランゼに持ち上げられてジケは気恥ずかしくなる。

それから多少の試行錯誤はあったらしいがボーダンのカエルを生かした技術を利用することに成功した。

ちなみにその後生活が安定したボーダンが付き合っていた彼女と結婚することになったり、オランゼからボーダンを紹介した特別ボーナスを貰ったりすることになった。

「お休みすることになったら言ってください！　俺が代わりに出ますよ！」

よく分からないけど仕事で頼もしい後輩も出来たのであった。

あとがき

はじめまして、犬型大と申します。

大型犬ではなく、犬型大です。

こちらの後書きを読んでくださっているということはこちらの「スライムは最強たる可能性を秘めている～2回目の人生、ちゃんとスライムと向き合います～」を購入して、読んでくださっていただけたのだと思います。購入して読んでくださりありがとうございます。


こちらの小説は小説家になろうというサイトに上げていたものでして書籍化ということは考えずにのんびりと書いていました。元々小説を読むのが好きでなろうでも読んでいたりしました。自分でも妄想するのが好きでこっそりと小説も書いていることがありました。そうした小説をふと思い立って投稿して、書き続けていました。

基本的には趣味であり、細々とやっていました。

そしたらある日急にＰＶが伸びて、ポイントが伸びて、ランキングにも数か月ほどいさせていただいて、とても驚いたことが昨日のようです。

その後ネット小説大賞というコンテストでＴＯブックス様にお声がけいただいて、金賞受賞、書籍化していただけることになりました。

こちらの作品が私の商業デビュー作になります。

皆様の応援のおかげでここまで来ることができました。ウェブの方ではまだまだ作品は続いております。こちらの一巻ではジケとフィオスの人生は再び進み始めたばかりです。彼らの冒険の先に何が待ち受けているのか、それは私にもわかりません。

ですがこれからも私はこの作品を書いていき、ジケとフィオスの冒険を見続けていきたいと思っています。

もちろん作品はウェブでも書いていきますし、これからも二巻、三巻と作品を出していけるように努力していきたいと思いますので応援よろしくお願いいたします。

自分の作品が書籍化できたこと、とても嬉しいです！

ぜひとも二巻でまた皆様にお会いしたいと思っております。

改めていつも読んでくださって応援してくださる読者の方、本書を購入してくださった方、及びに作品の書籍化に関わってくださった皆様、イラストを描いてくださった風花風花様、ありがとうございます！

いこうな
俺で
本当に仲良し……
夏発売予定!!!!

新型馬車の大発明でまだ見ぬ大商会設立へ！
逆行最弱コンビが世界の闇を溶かす
奇跡のリライフファンタジー第2弾！

スライムは最強たる可能性を秘めている2
~2回目の人生、ちゃんとスライムと向き合います~

犬型大
イラスト：風花風花

2024年

テレ東・BSテレ東・AT-Xほかにて
TVアニメ絶賛放送中！

[NOVELS]

原作小説

第7巻

2024年
5/20
発売！

[著]紅月シン
[イラスト]ちょこ庵

[COMICS]

※8巻書影

コミックス

第9巻

2024年
6/15
発売！

[原作]紅月シン [漫画]烏間ル
[構成]和久ゆみ
[キャラクター原案]ちょこ庵

[TO JUNIOR-BUNKO]

TOジュニア文庫

第3巻

2024年
6/1
発売！

[作]紅月シン [絵]柚希きひろ
[キャラクター原案]ちょこ庵

[放送情報]

※放送日時は予告なく変更となる場合がございます。

テレ東
毎週月曜 深夜26時00分～

BSテレ東
毎週水曜 深夜24時30分～

AT-X
毎週火曜 21時30分～
（リピート放送　毎週木曜9時30分～／
毎週月曜15時30分～）

U-NEXT・アニメ放題では
最新話が地上波より1週間早くみられる！
ほか各配信サービスでも絶賛配信中！

STAFF

原作：紅月シン『出来損ないと呼ばれた元英雄は、実家から追放されたので好き勝手に生きることにした』（TOブックス刊）
原作イラスト：ちょこ庵
漫画：烏間ル
監督：古賀一臣
シリーズ構成：池田臨太郎
脚本：大草芳樹
キャラクターデザイン・総作画監督：細田沙織
美術監督：渡辺 紳
撮影監督：武原健二　坂井慎太郎
色彩設計：のぼりはるこ
編集：大岩根力斗
音響監督：髙桑 一
音響効果：和田俊也（スワラ・プロ）
音響制作：TOブックス
音楽：羽岡 佳
音楽制作：キングレコード
アニメーション制作：
スタジオディーン×マーヴィージャック
オープニング主題歌：蒼井翔太「EVOLVE」
エンディング主題歌：愛美「メリトクラシー」

CAST

アレン：蒼井翔太
リーズ：栗坂南美
アンリエット：鬼頭明里
ノエル：雨宮 天
ミレーヌ：愛美
ベアトリス：潘めぐみ
アキラ：伊瀬茉莉也
クレイグ：子安武人
ブレット：逢坂良太
カーティス：子安光樹

TVアニメ
公式サイトはコチラ！
dekisoko-anime.com

© 紅月シン・TOブックス／出来そこ製作委員会

シリーズ累計90万部突破!!（紙＋電子）

スライムは最強たる可能性を秘めている
～2回目の人生、ちゃんとスライムと向き合います～

2024年6月1日　第1刷発行

著　者　犬型大

発行者　本田武市

発行所　TOブックス
〒150-0002
東京都渋谷区渋谷三丁目1番1号　PMO渋谷Ⅱ　11階
TEL 0120-933-772（営業フリーダイヤル）
FAX 050-3156-0508

印刷・製本　中央精版印刷株式会社

本書の内容の一部、または全部を無断で複写・複製することは、法律で認められた場合を除き、著作権の侵害となります。

落丁・乱丁本は小社までお送りください。小社送料負担でお取替えいたします。

定価はカバーに記載されています。

ISBN978-4-86794-185-0
©2024 Inukatadai
Printed in Japan